www.ingramcontent.com/pod-product-compliance
Lightning Source LLC
LaVergne TN
LVHW010837051026
849532LV00007B/2739
* 9 7 8 9 3 6 9 0 8 5 9 1 0 *

دو آنکھوں کا سفر

(افسانے)

انیس رفیع

Do AankhoN ka Safar *(Short Stories)*
by: Anees Rafi
Edition: September '2025
Publisher :
Taemeer Publications LLC (Michigan, USA / Hyderabad, India)

ISBN 978-93-6908-591-0

کتاب	:	**دو آنکھوں کا سفر** (افسانے)
مصنف	:	**انیس رفیع**
صنف	:	فکشن
ناشر	:	تعمیر پبلی کیشنز (حیدرآباد، انڈیا)
سالِ اشاعت	:	۲۰۲۵ء
صفحات	:	۹۶
سرورق ڈیزائن	:	تعمیر ویب ڈیزائن

قصّہ یوں ہے

□

ماں —

تیرے نام

دو آنکھوں کا سفر

اس کی دو آنکھیں اکیلی تھیں — !

اس کے دونوں ہاتھوں کی انگلیوں میں کھوکھلا نرکٹ پھنسا ہوا تھا۔ نرکٹ کی پہلی گرہ سے اوپر کا وہ حصہ جس میں سُروں کے بے شمار رنگوں کا جھولا تھا۔ اور جو ترچھا کٹا ہوا تھا۔ اس کے دونوں ہونٹوں کے درمیان اٹکا تھا۔ سُر جھونکے کی طرح ہواؤں میں تیر رہے تھے۔ آنکھ کے آنسو تال بن بن کر بوند بوند گیت کے آنچل کو بھگو رہے تھے۔ اس آنچل کے نیچے ایک پاپ تھا — پاپ — وہ بھی رو رہا تھا —

اچانک وہ دو آنکھیں

دو ہونٹ،

دو ہاتھ،

اور وہ نرکٹ، آنچل اور آنسو سب کے سب ایک متناسب بدن میں فٹ ہو گئے ـــــ

اس بدن نے، اس جسم نے ایک پاپ کیا تھا ـــــ

ہاں پاپ ـ گھور پاپ!

جہاں سانسوں کا طوفان اٹھتا تھا۔ آہوں کے بگولے اٹھتے تھے، جہاں پتھر کے ہونٹ سی دیئے جاتے تھے۔ جہاں چاند کے جسم سے مٹی کو بدلی جاتی تھی ــ وہاں سے صرف دو روتی ہوئی آنکھیں اور ایک کھوکھلا نرکٹ اور اس سے الجھے ہوئے بلکتے گیت لے کر بھاگ آیا تھا...... وہ جسم وقت کا ٹوٹا ہوا ایک ذرہ تھا۔ وقت جب کنواں کھودتا ہے تو اسے پیاسا نہیں چھوڑتا۔ اگر وہ کنویں کو پیاسا رکھ کر صرف کھوکھلا نرکٹ اور بلکتے گیت لے کر بھاگ جائے تو اسے پاپ لگے گا پاپ! وقت کے جسم کو یہ محسوس ہوا جیسے اسکی جلدوں پر تیزاب چڑھا دیا ہو۔ اور سارا وجود جل رہا ہو۔ اچانک کسی نے وقت کے کندھے پر جیسے نرم اور ٹھنڈا ہاتھ رکھ دیا ہو۔ آنکھ کے آنسو تھم گئے۔ نرکٹ کا سانس رک گیا۔ آنچل خشک ہونے لگا۔ نرم ہاتھ کا دباؤ بڑھنے لگا۔ پھر وہ آہستہ آہستہ۔ اور بہت پیچھے آ گیا ـــ!

ہونٹوں نے نرکٹ کو دھرتی کی چھاتی پر اگل دیا۔ اس کی گردش کرتی ہوئی دو آنکھوں کی پتلیوں پر ایک محل ناچنے لگا۔ پھر وہ محل پتلیوں پر ساکت ہو گیا۔ بہت سارے دروازے تھے محل میں داخل ہونے کیلئے چھوٹے چھوٹے اور ایک بہت بڑا۔ ہر دروازے سے تین فٹ اونچا اور چھ فٹ چوڑا چبوترہ لگا ہوا تھا۔ چبوترے کی دراڑوں سے بالو اور مٹی جھانک رہی تھی اور چبوتروں کے اوپر شب کے بسے ہوئے کتنے الگ الگ ڈھنگ سے سوئے ہوئے تھے۔ ایک دراڑ سے نکل کر ایک پیپل کا درخت، چبوترے پر سوئی ہوئی ادھیڑ عورت کی ٹانگوں کو سہلا رہا تھا۔ سورج آہستہ آہستہ اپنی بھٹی کو سلگانے کے لئے گرم کر رہا تھا۔ بھٹی کی دھیمی آنچ سوئے ہوئے بدنوں کو پگھلانا چاہتی تھی اور صبح کی میٹھی اور نرم ہوائیں ان بدنوں پر مرہم کیطرح بہی جا رہی تھیں ـــ اچانک بہت سے کپڑے لپیٹے ننگے پاؤں، کھلے سر، ہاتھوں میں پھولوں کی تھالی اور تھالی میں تلسی کے پھول، ایک کٹوری اور کٹوری میں گنگا جل لئے ہوئے ایک آدمی آیا ـــ وہ پیپل کے درخت کے پاس کھڑا ہو گیا۔ پیپل کا پیڑ اپنے پجاری کو دیکھ کر کسی سرکاری باس کی طرح تن کر کھڑا ہو گیا۔ عورت کی ٹانگیں اس سے دور ہو گئی تھیں۔ پجاری نے تلسی کا پتا اٹھایا۔ ادھر ادھر دیکھا، اور اپنا

ہاتھ پھرتی سے بے سدھ سوئی ہوئی عورت کی۔ ننگی چھاتی کے اوپر لے گیا۔ عورت سوئی رہی ۔ سوئی رہی! پجاری نے پھر ادھر ادھر دیکھا اور ہاتھ کھینچ کر بیل کے سر پر گنگا جل اور تلسی کے پتے انڈیل دیا۔ اچانک سناٹوں کے قدم جیسے جاگ پڑے ہیں۔ قدموں کی آہٹ پا کر وہ پنڈت سوکھے پیاز کی طرح تہ بہ تہ سکڑ گیا۔ اور خوف کے قافلے اس کے چاروں اور پیتل کی گھنٹیاں پیٹنے لگے۔

وقت کی دو آنکھیں یہ سب دیکھتی رہیں۔ اس کی گردن پر کن کھجورے رینگتے رہے۔ اس نے کن کھجوروں کو کچھ کہا بھی نہیں ۔ اور کہتا بھی کیا۔ ؟ ان کن کھجوروں کا جنم داتا بھی تو وہی تھا۔

اب وقت کی دو آنکھوں کی پتلیوں سے اتر کر وہ محل اپنی گرد و پیش سمیت آنکھوں کے سامنے کے سمٹے ہوئے منظر کی خالی پیٹھ پر وزنی مہر کی طرح ثبت ہو گیا۔ منظر کی پیٹھ پھیل کر کشادہ ہو گئی۔ ان دو آنکھوں نے اب محل کو غور سے دیکھا۔ محل کتنا بدل گیا ہے۔ بالکل بدل گیا ہے۔ کسی نے محل سے روپہلی کرن چھین کر اس پر لال بھٹے سا رنگ چڑھا دیا تھا۔ یقیناً یہ رنگ چمکدار نہیں ہے، مگر گاڑھا ضرور ہے، اس رنگ کو کوئی اتار نہیں سکتا۔ محل کو لچکدار آہنی دروازوں سے لیس کر دیا گیا ہے ۔ یہاں کوئی رہتا بھی نہیں۔ شاید ان دروازوں کے علاوہ ۔ چبوترے پر لیٹے ہوئے لوگوں کے بے ربط خراٹوں اور صبح کی تنہائی کے سوا کچھ بھی تو نہیں تھا یہاں ۔ کبھی کبھی کبوتروں کی غٹر غوں کان کے پردوں پر ہلکی سی جنبش پیدا کر دیتی ہے ۔ کھجور کا سورج ذرا اور اوپر چڑھ گیا اور محل کے لچکدار آہنی دروازے دس کے گھنٹے کے ساتھ ہی چُرچُری کرتے دیواروں میں کھڈے ہوئے گھاٹوں کے بیچ پیوست ہو گئے ۔ چبوتروں کے باسی بھاپ کی طرح اڑ گئے۔ پھر ان چبوتروں پر وہ لوگ آ جمے جو تصوراتی قلعے قائم کرتے ہیں ۔ ان کی چھتوں کو توپوں سے لیس کرتے ہیں ۔ اور پھر ان کے دہانے دشمن کی طرف موڑ دیتے ہیں اس کے بعد ایک آواز ہمیشہ ابھرتی ہے ۔ پھس ۔ پھس ۔۔ پھر ان قلعوں کی سرخی، بالو، مٹی، ایک ساتھ ان کے جسم پر ڈھہ ڈھہ کر گرتی جاتی ہے ۔ اور یہ لوگ اس بوجھ تلے دبتے جاتے ہیں اور دشمن ابھرتے آتے ہیں۔

اس بھیڑ میں ایک جوڑا ہے چبوترے پر بیٹھا ہے ۔ جوڑا ایک لڑکی اور ایک لڑکا ہے۔ دونوں گفتگو کر رہے ہیں یہ وہ جوڑا ہے جو شاید قلعے کے کھوکھلے پن سے واقف ہے ۔ توپ کے سر د بارود سے واقف ہے۔

" منا دیکھو تو یہ ہمارا جگ کتنا ہانپ رہا ہے۔ بالکل سامنے کھڑے ہوئے کتے کی طرح "

جوڑے کا لڑکا بولا۔

" نہیں تردیپ۔ ہم سب ہانپ رہے ہیں۔ مگر یونہی تو نہیں ہانپ رہے ہیں ہم لوگ۔ اس کے کئی کارن ہیں۔ اب اس محل کو لے لو۔ یہ خود کبھی نہیں ہانپتا۔ اس میں بسنے والے طرح طرح کے امراض میں مبتلا ہوئے، ہانپے اور چل بسے۔ اور اب تو یہ امراض کی آماجگاہ ہے۔ یہ محل یونیورسٹی کہلاتا ہے۔ اس کے کونے کونے میں پوسٹ مارٹم ہو رہا ہے۔ اندھیرے کی لاشوں کا۔ اس کا ہر کونا "ڈارک روم" ہے۔ اور اس "ڈارک روم" میں جو لوگ تصورات کی گاڑی دوڑا دوڑا کر پرچھائیاں ڈھونڈتے پھرتے ہیں اور ان گاڑیوں کی پشت پر جو لوگ بیٹھے ہیں اور جنہوں نے صرف ابھی گاڑی پر چڑھنا سیکھا ہے، انہیں آنکھوں پر پٹیاں باندھ کر گاڑی کے پہیوں کے نیچے جانا سکھایا جاتا ہے۔ جوڑے کی لڑکی ان حقائق کی روشنی میں سوچ میں ڈوبے ہوئے نکتہ رس کی طرح گمبھیر اور رومانی دنیا کے شہزادوں سے ہزاروں میل دور لگ رہی تھی۔ جوڑے کا لڑکا بھی آہستہ آہستہ پھیلنے لگا۔

"...... میں سب سمجھ رہا ہوں مونا۔ لیکن اندھکار ہمارے انگ انگ میں اس طرح رس بس چکا ہے، کہ اسے اپنی آس، سانس اور خون تک سمجھ بیٹھے ہیں۔ نہیں کوئی ALTER. NATIVE ملتا ہے اور نہ کوئی ہمیں سمجھاتا ہے۔ ہم اس اندھکار کے قیدی بن کر گھٹ رہے ہیں ـــ جوڑے کی لڑکی کے ہونٹوں پر تہہ دار مسکراہٹ لپک آتی ہے۔

"........ ہاں تردیپ! ALTER NATIVE انہیں نہیں دکھائی پڑتا ہے جو مسئلے کے اس پہلو کو لے کر اٹھتے بیٹھتے اور سوتے ہیں جو عام میں متضاد حقیقتوں کے منافی ہے NEGATIVITY کا بھوت ان کے ذہنوں پر مسلط ہے۔ جو سورج کی گرمی کو کوستے رہتے ہیں۔ ان کے ذہنوں کو سورج کی روشنی کبھی نہیں چھوتی۔ تردیپ! اگر ہم غور سے دیکھیں تو ہم میں سے کچھ لوگ ـــ اندھیروں کو روشنی کی چادر اڑھانے کی کوشش کر رہے ہیں۔ لیکن اندھکار کی گاڑی کی اسٹرنگ وھیل ان ہاتھوں میں ہے جو شب کے پجاری ہیں اور دن ان پر موت کی سی کیفیت لے کر آتا ہے۔ یہ شب گزیدہ ہیں۔ اب ان انگلیوں کو توڑنے کی تیاری کی جا رہی ہے جو روشنی کا بٹن دبانا نہیں چاہتیں۔ آدمی کے ساتھ۔ وہ دیکھو سامنے ہمارے دوست، تمہارے ساتھی، مونو نوش، سانیال اور سلیم بھی شامل ہیں۔ کیا تمہیں ان میں تبدیلی نظر نہیں آتی یہ جب یونیورسٹی آئے تھے تو ان کی زلفوں کے خم کتنے مفرد تھے۔ پورے ـــ COMMON ROOM میں میکرو پولو کے بد بودار

دھوئیں شیطان کی پیٹھ کی طرح جوڑے ہوتے رہتے ہیں۔ کپڑوں کے کریز BLUE ANGLE بلیڈ کی دھار سے بھی زیادہ SMOOTH اور تیز تھے۔ جب وہ کامن روم میں چلتے تھے تو ایسے لگتے تھے جیسے سرکس کے جوکر نما مارزنوں کی آنکھوں پر پٹیاں باندھ دی گئی ہوں لڑکیوں میں ان کا تذکرہ جنگ کی طرح چھڑا رہتا تھا۔ لیکن آج یہ لوگ سب کے بیچ آ گئے ہیں۔ ان بدبودار دھوئیں کو دیوار کھا گئی۔ اب دکریز جوان کے جھرمٹوں سے قریب تھے ان کے دلوں کے قریب پہنچ گئے ہیں۔ ان سے متاثر لڑکیوں میں ان کا تذکرہ گمنام تاریکی پہلو بن چکا ہے۔ دیکھو، وہ لوگ کیا لکھ رہے ہیں۔ آؤ، اب ہم تم دونوں بھی ان کے قریب بہت قریب چلیں۔"

مونا اور تریدیب دونوں ان کے قریب اور بہت قریب چلے آئے ہیں۔ بیپلب[1] اس محل کے بلند دروازوں کے عرشے پر کھڑا یہ بتا رہا تھا کہ یہ کالا انتظام کس طرح نصاب کے ذریعہ ہماری شریانوں میں پیوست کیا جاتا ہے۔ وہ بتا رہا تھا کہ جب ہمیں افلاطون کے انتخاب سے درس دیا جاتا ہے تو ایسا لگتا ہے جیسے وہ اپنے قریبی دوست کی بیوی کے ساتھ فلرٹ کر رہا ہو۔ ان کے چاروں اور سیاہ پردے پڑے ہیں جن کا ہر سوت اس قانون کا حامل تھا۔ جس سے صرف دل کاٹے جا سکتے ہیں پتھر نہیں۔ اور جب ارسطو پڑھتا ہے تو یوں محسوس کرتا ہے جیسے اس کے دماغ کے گودوں کو آرے سے کاٹ کر ہزاروں خانوں میں بانٹ دیا گیا ہو۔ اور جب "ہابس" کا فلسفہ سیاسیات اس کے سامنے آتا ہے تو ایسا لگتا ہے کہ وہ اپنے ہاسٹل کے کمرے میں سوئے ہوئے تینوں قریب تر ساتھیوں کا گلا گھونٹ دے۔ اور کلاس میں جو پروفیسر آتا ہے اسے کرسی سے اچھال کر تین منزلے سے نیچے پھینک دے اور خود اس کرسی پر قابض ہو جائے۔ تاکہ دوسرا اسے بھی اٹھا کر وہاں سے پھینک دے۔ اور جب لاک (LOCKE) کو پڑھایا جاتا ہے تو محسوس ہوتا ہے اس کے گرد کئی جلاد ننگی تلواریں لئے رقص کر رہے ہیں۔ اور بھاگنے کا راستہ صرف ایک ہے جو آسمان اور ستاروں سے ہو کر گذرتا ہے۔ زمین سے کٹی راتے ہیں۔ یہ اس مصنف کو بھی معلوم نہیں کیونکہ خود اس مصنف کے ہاتھ میں بھی ننگی تلوار ہے۔ جب روشو ROUSSEA ہمارے سامنے آتا ہے تو ہم سب کو اس دنیا میں لے جانا چاہتا ہے۔ جہاں ہوائیں خلائی بکسوں میں ووٹ دیتی ہیں۔ جہاں روشنی اندھیروں کے خول میں دبک کر پل بھر کو باہر جھانکنا نہیں چاہتی۔ جہاں جمہوریت کی ندی بہتی ہے۔ جس میں آنسوؤں کا سیلاب امڈا کرتا ہے"۔ بیپلب بولتا جا رہا ہے۔ آہستہ آہستہ ایک اچھا خاصہ مجمع اکٹھا ہو گیا ہے۔ مجمع کیا تھا ایک لاوا تھا۔ جو پھٹ کر تخریب کی جھیل کو تعمیر کے کنول سے بھر سکتا تھا۔

---

[1] بیپلب کا لفظی معنی انقلاب ہے۔ آج کل یہ لفظ بنگال میں بطور نام عام ہے۔

وقت کی دو آنکھیں چمک اٹھیں۔ بدن پر چڑھے ہوئے کن کھجورے بے دم ہو گئے اور اس نے اس لاوے کو اور بھی پکانے کا طریقہ سوچ لیا۔

اب وقت کے جسم کا حلیہ بالکل بدل گیا تھا۔ آنکھوں کے پپوٹے پھول گئے تھے۔ داڑھی سینے تک جھول آئی تھی۔ رنگ بھورا ہو گیا تھا۔ کرتے کی لمبائی پیر کی انگلیوں کو چھو رہی تھی۔ اب مجمع کے قریب اس پیپل کی درخت کی بغل میں بیٹھے ہوئے " بی "کو بڑی تحقیر آمیز نظروں سے دیکھ رہے تھے۔ مجمع آپے سے باہر ہے۔ لوگوں کی کچھ مانگیں ہیں اور وہ مانگیں سب کے سامنے رکھی جا رہی ہیں۔ اس بیچ اچانک ایک گورا ایک ہندوستانی انٹیلکچول کے ساتھ نمودار ہوتا ہے۔ ہندوستانی انٹیلکچول کہتا ہے۔ " سر آپ نے INTELECTUALSASSEMBLY کی حفاظت کا انتظام کر لیا ہے۔؟ یہ لوگ شاید آج اس طرف بھی جائیں۔ " گھبراؤ نہیں، انتظام مکمل ہے۔ تمہاری طرح بہت سے وفادار ہیں ہمارے۔ " پھر وہ ہندوستانی انٹیلکچول گورے کو لے کر چبوترے پر چڑھ جاتا ہے اور گورے کا تعارف مجمع سے کرانا چاہتا ہے مجمع گورے اور ہندوستانی انٹیلکچول کو دیکھ کر بپھر جاتا ہے۔ مجمع گورے سے کہتا ہے۔ " وہ اپنے کتوں سمیت واپس چلا جائے۔ لیکن گورا واپس نہ جا کر یہ کہتا ہے۔ میں نہیں چاہتا کہ آپکی تحریک التوا میں پڑ جائے۔ میں آپکی تحریک کی مخالفت نہیں کرتا۔ میں تو محض آپ لوگوں کی خدمت کو حاضر ہوا ہوں۔ میں آپ لوگوں کی خدمت خود پر اس لئے فرض سمجھتا ہوں کہ میں اس قوم کا فرد ہوں جو گلوب GLOBE کے عرض و طول پر پرامن ہم وجودیت اور شانتی چاہتی ہے اور نحیف قوموں کو خود کفالت جیسے مبارک لفظ سے آشنا کرانا چاہتی ہے۔ اخوت و آشتی کے بغیر ممکن نہیں۔ ہم انہیں اغراض و مقاصد کے تحت CONTINENTAL INTELECTUALS ASSEMBLY کی سرپرستی میں ایک لائبریری کی بنیاد ڈالی ہے۔ اس لائبریری میں بہت ساری کتابیں ہیں۔ پڑھنے کی جگہ ہے۔ خاموش اور ٹھنڈا ٹھنڈا ماحول ہے پڑھنے کے لئے۔ جہاں تک میری عقل کا تعلق ہے وہ کہتی ہے کہ فی الوقت آپ سب پڑھیں اور صرف پڑھیں۔ کیونکہ پہلے آپ طالبعلم ہیں پھر اور کچھ۔ زندگی بڑی لمبی ہے، وقت بہت ہے بہت کچھ کرنے کے لئے۔ پڑھنے لکھنے کے لئے شانتی کی ضرورت ہے۔ بالکل اس پیپل کے درخت کے پاس بیٹھے ہوئے شخص کی شانتی کی طرح۔ دیکھئے کس قدر شانتی ہے۔ اس منش کے اندر کتنی گہرائی ہے۔ وہ بھی پڑھا لکھا ہے۔ لیکن شانتی اور کھوج ہی اس کی زندگی ہے، دھرم ہے میں تو کہونگا کہ کچھ دیر ہم سب بیٹھ کر کیوں نہ اس مہان آتما سے گیان دھیان کی باتیں کریں۔ " مجمع کچھ سننا نہیں چاہتا ہے۔ " بند کرو اس بکواس کو۔ لپے پوتے ہوئے دلال کو لے کر بھوٹ

جاؤ۔ ورنہ مار مار کر گاڑ دیئے جاؤ گے سامنے والے تالاب میں۔"

وقت کے جسم میں خوشی سنسناہٹ بن کر پھیل گئی۔ وہ نرکٹ سے منہ لگائے آنکھیں بند کئے سب کچھ سنتا رہا۔ گورے نے وقت کے "پی" نما جسم سے کہا۔ "چلو بھئی اس گرمی میں کیوں بیٹھے ہو۔ سامنے ہماری ایرکنڈیشنڈ لائبریری کا بیٹھک خانہ ہے۔ فری ریڈنگ روم ہے چلو چل کر وہیں کہیں بیٹھو۔"

وقت کی آنکھیں مسکرائیں۔ اس کے ہونٹ مسکرائے۔ اس کا جسم مسکرایا۔ پھر اس نے ایک ہاتھ میں نرکٹ پکڑ لی اور دوسرے ہاتھ سے درخت کو اکھاڑ کر شانتی شانتی کہتا گورے کے ساتھ چل دیا ہے وقت کی دو آنکھوں نے ان کالی پرچھائیوں کو بھی دیکھا۔ جن کے سر حکم کے بوجھ سے دبے ہوئے تھے۔ گورا کہتا ہے۔ "بے دھڑک چلے آؤ۔ یہاں تم بالکل محفوظ ہو۔ ان کالی پرچھائیوں سے بھی ڈرنے کی کوئی ضرورت نہیں۔ یہ تو ہماری محافظ ہیں۔ آج تو ہمیں ان پرچھائیوں کی دیوار کے پیچھے ہی رہنا ہے۔ شاید آج وہ لوگ بھی پاگل ہو جائیں۔"

وقت کے کندھے پر ایک بار پھر کن کھجورے رینگنے لگے کیونکہ گورا پیپل کے درخت کو کڑی نظروں سے دیکھنے لگا تھا۔ گورے نے سگریٹ جلاتے ہوئے کہا۔ "اس جنگل کی یہاں کیا ضرورت ہے۔ چپراسی اس درخت کو باہر لیجا کر پھینک آؤ۔" یہ جملہ برقی لہروں میں تحلیل بھی نہ ہوا تھا کہ زوردار فسٹ (FIST) دھاکے کی طرح گورے کے جبڑے پر دھمک گیا۔ گورے کی آنکھیں دیکھنے سے چند لمحوں کے لئے قاصر ہو گئیں مگر کانوں نے سنا۔

"کھول اپنی آنکھ اور دیکھ۔ دیکھ ان پتوں کو غور سے دیکھ۔ ان میں زہریلے کیڑے پڑ چکے ہیں۔ میں یہ پیڑ تمہارے واسطے ہی لایا ہوں۔ تمہاری سمجھ کتابوں کی ہے اور اندھے کنویں جیسے درسگاہوں کی۔ تمہارا یہ جسم پٹ سن کر بوری کی طرح ہے۔ جس میں طلائی سکے کھنکھنا رہے ہیں۔ میری بات تو تم نہیں سمجھتے لیکن اس پیڑ کی سیدھی سادھی زبان ضرور سمجھو گے۔ کیونکہ صدیوں سے اس کی سیدھی سادھی زبان کو استعمال کرتے رہے ہو۔ ہاں، تو دیکھو اس کے پتے میں کیڑے پڑ چکے ہیں۔ اس کا جسم کسی جنم جلی کی طرح سوکھ گیا ہے اگر اس جنم جلی کو بچانا ہے۔ تو ان پتوں کو جلا کر راکھ کرنا ہوگا۔
شاید تم نے میری بات سن لی ہوگی۔"

پھر اس نے پتوں کو پیڑ سے جدا کیا۔ انہیں ڈھیر بنا کر آگ لگا دی۔ فری ریڈنگ روم کے شیلف سے کتابوں کو نکال کر ایک جگہ جمع کیا۔ اور ان پتوں کی آنچ اس طرف موڑ دی۔

آگ ۔! آگ ۔! آگ ۔!

آگ کے شعلے اُبل پڑے۔ کالی پرچھائیوں نے اگر وقت کے ہیتی نما جسم کو لپک لیا۔ آگ بجھانے والی گاڑی گھنٹیاں جھلانے لگیں۔ وقت کے ہونٹوں اور اس کی دو آنکھوں کو سیل کر دیا گیا۔ ہاتھوں کو زنجیر پہنا دی گئی۔ پاؤں پر بیڑیاں کھنکھنانے لگیں۔ پھر اسے کالے صندوق میں بھر دیا گیا۔ کالے صندوق کی سوراخوں سے وقت کی دو آنکھیں، دو ہونٹ باہر جھانک رہے تھے۔ گورا پریشان اندر سے باہر آیا۔ وقت کے ہیتی نما جسم کو صندوق سے باہر کیا گیا۔

"تم کون ہو؟ تم نے کیوں آگ لگائی۔ ہمارا کام ہے شانتی کی تیلیں اور گلاب کے پٹرول سے آگ لگانا۔ لیکن تم نے یہ براہ راست حرکت وہ بھی ہمارے ساتھ کیوں کی ۔؟؟؟ گورے نے سوالوں کی بھیڑ لگا دی۔

وقت کے ہونٹوں پر سیل ہے۔

"تم ہو کون؟ تم ہو کون؟ گورے نے اسے جھنجھوڑ لیا۔!

اچانک ایک دھماکہ خیز قہقہہ کالی پرچھائیوں کو لرزا گیا۔ وقت کے ہونٹوں کے سیل ٹوٹ گئے۔ وقت کے بھاری پاؤں نے قریب ہی پڑے ہوئے نرکٹ کو بری طرح مسل دیا۔ پھر اس نے کہا۔ "میں پاپ ہوں۔ کیونکہ میں نے بھگوان کے اوتار کو بھگوان میں ملا دیا ہے۔ میں پچھلی شتابدی کا پاپ ہوں اور نئے لمحوں کا پُن۔ اور تم اس پُن کو کالے صندوق کا قیدی نہیں بنا سکتے۔" پھر گورے نے دیکھا وہ زنجیر خود اسکی کلائیوں سے لپٹی ہوئی ہے۔ وقت کا جسم بھیڑ سے ابھرتے ہوئے شور کی طرف بھاگ رہا تھا۔ اچانک ہوا کے دوش پہ اڑتا ہوا اخبار کا ایک ٹکڑا گورے کے پاؤں تلے پڑ کر پھڑپھڑانے لگا۔ یہ اخبار کا وہ ٹکڑا ہے جس میں چاند ملبے (CRATOR) کی گہرائی کا داغ لئے سویا پڑا ہے اور اپالو گیارہ کی خون آلود ٹانگیں تین سمتوں میں پھیلی اس کے بدن میں سمٹی سہمی ہیں۔ ٹکڑے کی پشت پر ہائی لائی کے کئی سپوت اپنے سروں سے دور رستے پڑے ہیں۔ اچانک بھیڑ کے شعلے باہر لپک آئے ہیں اخبار کے ٹکڑے کو جس میں چاند اپولو کی بوجھ سے دبا پڑا ہے۔ شعلوں نے جلا کر کئی حصوں میں تقسیم کر دیا ہے کچھ حصے شعلوں کے پیٹ میں سدا کے لئے چلے گئے۔ اور کچھ کالے صندوق کے پہیوں تلے جا کر دفن ہو گئے ادھر وقت کی آنکھوں کا سیل بھی ٹوٹ گیا۔ پھر ان دو آنکھوں نے دیکھا کہ ان کا سفر ان کے آگے آگے تھا۔ اور کالی پرچھائیاں اپنا حفاظتی جال لئے پیچھے کی طرف کھسکتی چلی جا رہی تھیں ۔!

پولی تھن کی دیوار

ناٹک کار پریشان ہے۔ اسے ایک کہانی چاہیے۔ کہانی! ناٹک کار کا اچنبھا — انجینئری اور دوسرے ٹیڑھے کبڑے کردار دست بستہ مغموم بجھے ہوئے برقی بلب کی طرح ناٹک کار کے قلم کے گرد جھول رہے ہیں۔ یہ تمام کردار الٹے لٹکے ہیں۔ اور سب کے اپنے ہونہار اور انوکھے فن کار کو گالیوں، بلکہ گندی گالیوں کا اپھار پینٹ کر رہے تھے۔ کارن؟ پہلی بار جب اسٹیج کی گود کبھی تھی تو ان کرداروں کے رگ پٹھوں سے گرم خون کی طرح کہانیاں سائڈ سے نکل نکل کر گرین روم کے پیچھے پاوڈر، لپ اسٹک، نقلی بالوں، نقلی بھوؤں، بکھرے گالوں اور مصنوعی پلکوں سے جا چمٹی تھیں اور اور ان کرداروں کو ملا کیا تھا؟ جوتے اور چپل۔ جن کا بیچنا اور پہننا دونوں دشوار — جوتے اور چپلوں کے اس اپھار نے کرداروں کے ماتھے ٹھنکا دیئے — ناٹک کار نے نہ جانے اچانک کردار

کے جسم سے کہانیاں کیوں کھینچ لی تھیں۔ بک گیا تھا شاید ناٹک کار۔ ہاں ہاں ضرور بک گیا تھا وہ۔ بازار اس قدر تیز تھا کہ ناٹک کار کی جنوری کی ہاں' دسمبر میں اسٹیج پر پاؤں دھرتی تھی مگر بازار پھر بھی بازار ہے اس کا بھادوں جو برستا ہے تو کتنے ہی سورجی شریروں کو پگھلا کر کیچڑوں کی طرح ندی نالوں میں پھنسا دیتا ہے۔ اور پھر ان سورجی شریروں کی اوشائیں نالیوں اور گلیوں میں بلکتی پھرتی ہیں مگر انہیں دنیا کی ایک ٹھوکر تک نصیب نہیں ہوتی ہے۔ اگر یہ ٹھوکر مل بھی جائے تو کیا ہوتا ہے۔ دنیا کا پیٹ کبھی خالی نہیں ہوتا۔ ایک گھاؤ کی انگیٹھی سدا سلگتی رہتی ہے اس کے اندر —— اوشائیں بے بس پھول کی تھالیوں کی طرح لاکھ ٹن ٹن کرتی رہیں سلگتی ہوئی گھاؤ کی انگیٹھی اور بھی سلگتی چلی جاتی ہے۔ ناٹک کا ابھینا کہہ رہا ہے کہ ناٹک کار اس کے جسم پر خدا کے بیٹے یسوع کا میک اپ چڑھا دے۔ اسے یاد ہے کہ ایک بار ایکسٹرا کی حیثیت سے یسوع بن کر جب وہ مصلوب ہوا تھا تو لوگوں نے اتنی تالیاں پیٹی تھیں کہ کولو روفاری گندھ پا کر وہ آتماؤں کی دنیا میں پر دیش کر گیا تھا۔ اور آتماؤں کے دیش سے اس نے دھرتی پر اگے ہوئے ببول جیسے پرتماؤں کی طرف جھانکا بھی نہیں تھا۔

آتمائیں ببول کی اور تاک بھی کیسے سکتی ہیں۔ ببول کو دیکھتے ہی ریگستانی ریت منہ میں گھس کر کرکر کرنے لگتی ہیں۔ آتمائیں اگر دھوپ کی اور تاک بھی لیں تو وہ پھر ریت کو تھوکنے کے لئے کس اپوتر دھرتی کو چنیں گے۔ دھرتی کا کوئی کونا بھی اپوتر نہیں۔ جب وہ ناٹک کے دیش سے واپس آیا تھا تو ناٹک کے دیش کا راجہ تھا۔ ناٹک کار نے اسے ابھینا کے لئے چن لیا تھا۔

ناٹک کی ابھیستری کہہ رہی تھی اس پر پھر سے اتہاس کی پدمنی کا خول چڑھا دیا جائے تاکہ جب وہ خود کشی کرے تو اتہاس کے نہ سمجھنے والے تماش بین اپنے سینوں کو کوٹ لیں اور اتہاس پرکھنے والے تماش بین اپنی حیرت کو فرش پر تڑپتا دیکھیں۔ ناٹک کے سائڈ کردار ہیرو ہیروئن کے گرد پھیلی ہوئی کہانی کو سمیٹ کر اپنی اداکاری کی گود بھر لینا چاہتے ہیں۔ کیونکہ یہ اگر ایسا نہ کریں تو انہیں ہیرو ہیروئن اور اسٹیج سب ہی زندہ کھا لیں گے کیوں کہ ہر اہم کردار ناٹکوں میں غیر اہم کرداروں کو کسی نہ کسی طرح چبا جانے کی کوشش کرتا ہے۔ اگر یہ کہانی کو دانتوں سے نہ پکڑیں تو خود کہانی انہیں قتل کر دے گی۔ مگر جب ناٹک کسی کہانی پر کھڑا ہی نہ ہو تو یہ سب کے سب بے کار ہی تو ہو جاتے ہیں۔

کہانیوں کا المیہ ناٹک کار کو آج پریشان کر رہا ہے۔ اسے ایک کومل سی' ستھری سی

کوری سی کہانی چاہیئے۔ مگر کہانیاں ابابیل ہیں۔ اگر ان کے گھونسلے برباد کر دیئے جائیں تو وہ لوٹ کر نہیں آتیں۔ وہ سنسار کے چاروں دشاؤں سے نراش لوٹ آیا۔ پلکوں کے پنے اسے بگلے کے پروں کی طرح سفید اور اجلے اجلے نظر آئے۔ سب بے کار! کہانیاں چاروں دشاؤں کی بندی نہیں یہ تو کروڑں دشاؤں سے پھوٹتی رہتی ہیں۔ اور بہہ بہہ کر مرکز کی اور آتی رہتی ہیں۔ اگر مرکز کی گرفت مقناطیسی نہ ہوتی تو پھر یہ اس کھنڈر کے اور چلی جاتی ہیں جہاں صدیوں سے کہانیاں بھوکی پیاسی آنکھوں میں امیدوں کا ایک پیڑ اگائے اندھے کہانی کاروں اور ناٹک کاروں کو رو رہی ہوتی ہیں۔ ناٹک کار کیا کرے؟ کیا وہ اس کھنڈر میں چلا جائے اور وہاں کی بے زبان کہانیوں کو قطرہ قطرہ پی جائے۔ لیکن کھنڈر میں اینٹ پتھر کنکر کے علاوہ سب کچھ تو سڑ گل جاتا ہے۔ کہیں کہانیوں کی جگہ وہ اینٹ پتھر اور کنکر کو نگل کر چلے آئے تو کیا ہوگا؟

تو کیا ہوگا؟

تو کیا ہوگا؟؟

ناٹک کار کے سر میں پاگل ہوا گھس گئی اور اس کی پتلیوں پر اندھیرا ٹپک گیا۔

لائٹ!

لائٹ!!

ناٹک کار کے اندر کی پاگل ہوا چیخ پڑی۔ کل کے لئے مجھے آج کہانی لکھنی ہے۔ اگر میں آج کہانی نہ لکھ سکا تو کل میرے ہیرو کے جسم سے حرارت بھاپ کی طرح اڑ جائے گی۔ ہیروئن کے ہونٹ مکڑی کے جالوں سے بھر جائیں گے۔ اس کے پیر کی جھانجھ اپنے نغموں کو قتل کر دیگی۔ اس کی چوڑیاں ٹھنک ٹھنک کر اس کے خوابوں کا آنچل بھگونے لگیں گی۔ میرے ایکسٹراؤں کا روپ مجھے آروپ کے کوڑے لگائے گا۔ کون بھگتے گا یہ سب ان ناٹک کاروں کا بھی کیسا سر پھرا ہے۔

ناٹک اور کہانی۔ اداکاری اور خوبصورتی سب کا ایک ساتھ مطالبہ کر بیٹھتے ہیں۔ بھلا میں ایک اور یہ چار چار چہکاریں۔ ! دراصل غلطی اپنی ہی تھی۔ کیوں سکھایا انہیں چاروں کا ایک ساتھ مطالبہ کرنا میں نے ! لڑکی کو ناٹک کس نے بنایا۔؟ خوبصورتی پر اداکاری کس نے چڑھائی؟ میں نے۔ ! ہاں میں نے۔ میں نے۔ یہ سب کچھ تو میرا ہی کیا دھرا ہے۔ وہ میں ہی تو ہوں جس نے شہرت کمائی۔ اس کو بیچا اور کھایا بھی۔! تو ایسا لگتا ہے کہ روپ کتھاؤں کی طوطا چشمی میرے کمائے

کو بھی کھا لے گی۔ ناٹک کی نگری میں اگر شہرت جیسا سرمایہ الوپ ہو جائے تو کسی اپسرا کی کنواری نتھ بھی لوٹا کر لا نہیں سکتی۔

اف' اندھیرا۔ صرف اندھیرا Power failure کو بھی ابھی نازل ہونا تھا۔ لائٹ! لائٹ! جلدی کرو۔ اندھیرے کی پلکیں ایک دوسرے سے الگ ہوتی ہیں۔ روشنی کا جسم دھیرے دھیرے ابھرتا ہے۔ پنکھا بند ہے۔ ناٹک کار کے ہاتھ میں سنہرا قلم چپ سادھے پڑا ہے۔ جیسے وہ بھی ناٹک کار کو دھمکی دے رہا ہو۔ پسینہ بوند بوند منہ پر برس رہا ہے۔ اس کی سوچ کی نسیں کھنچ گئی ہیں۔ آنکھوں کا لٹو اپنے طور پر ساکت کھڑا ہے۔ گرد و پیش ایک یگ پیچھے کی نرمی کا زخم لئے پوری گوالن کی طرح کھڑا ہے۔ صرف کھڑا ہے مسکرانے سے شاید دلچسپی نہیں۔ ایک ہلکی سی سرگوشی ہوتی ہے

"ناٹک کار — ! ناٹک .... کا.......... ر........ !"

"کون ......؟"

"کون ہو تم ....؟"

"کیا تم جاگ رہے ہو ناٹک کار —؟"

"ہاں میں جاگ رہا ہوں — پر تم کون ہو —؟"

"دیکھو سر اٹھا کر دیکھو میں لالٹین ہوں۔ صرف دھرتی کو تاک کر آسمان کیسے دیکھ سکتے ہو — سر اٹھاؤ —"

"ہاں۔ ہو تم بالکل لالٹین مگر بول کیسے سکتی ہو —؟"

"میں روشنی دے سکتی ہوں تو بول بھی سکتی ہوں —!

"خیر تم کہنا کیا چاہتی ہو —؟

"میں تمہیں اس اندھکار سے باہر ڈھکیل دینا چاہتی ہوں جس میں تم بہت کچھ ڈھونڈ کر بھی کچھ نہیں پا سکتے —"

"دیکھو تمہارا کام ہے جلنا — تم میری فکر نہ کرو۔ چپ چاپ دھیمے دھیمے اور دھیرے دھیرے جلتی جاؤ —"

" ہاں! ناٹک کار دھیرے دھیرے میں کئی یگوں سے اسی طرح جل رہی ہوں۔ لیکن سنو تو سہی مجھے تمہاری پریشانی کا پوری طرح علم ہے۔ تمہیں ایک کہانی چاہئے نہ!

تم میری یہ ایک زبان روشنی کی دیکھ رہے ہو نا۔ اس نے ایک اور ایک سو کہانیاں دیکھی ہیں۔ میرے لوہے کے اس جسم میں جتنی خراشیں ہیں اور شکنیں ہیں ان کے بھیتر کئی کہانیاں رینگ رہی ہیں میری ملاقات پہلی بار ایک ناٹک کار سے یعنی تم سے ہوئی ہے اور تمہیں ایک کہانی درکار ہے — میں اف نہیں کروں گی ناٹک کار تم ان خراشوں اور شکنوں سے کہانیاں کھود کھود کر اپنے اس سنہرے قلم میں بھر لو۔ یہ بہت دنوں سے بھوکا ہے۔ جلدی کرو اپنے قلم کے لبوں کو جنبش دو تم۔ میری یہ کہانیاں بالکل کنواری ہیں میں انہیں قید کر کے رکھنا نہیں چاہتی اگر تم انہیں مجھ سے چھین کر نہ لوگے تو یہ تمہیں بہت رُلائیں گی۔ تم میری کہانی لکھو ناٹک کار !"

"بند کرو بکواس اس ٹین کی بے جان تتلی! بند کرو بکواس! Crude کراسن تیل پی پی کر تیرا دماغ خراب ہو گیا ہے۔ میری کھوج میں روڑے نہ اٹکاؤ"

"مجھ پر ترس کھاؤ کہانی کار۔ میں اپنے اندر کی کہانیوں کو مرنے نہیں دینا چاہتی۔ اگر یہ میرے اندر مر گئیں تو ان کی لاشوں کا تعفن تمہارے گھر تک بھی پھیل جائے گا "

"اس کی مجھے پروا نہیں تمہاری کہانی بھی کوئی کہانی ہوگی "

"بڑا گھمنڈ ہے تمہیں افسانہ سازی پر لیکن میرا دعویٰ ہے کہ اب تمہیں کہانی نہیں ملے گی۔ تم نے زندگی میں صرف تین کہانیاں لکھی ہیں۔ اور باقی تم نے کہانیوں کا ناٹک کیا ہے۔ ایسی کہانیاں لنگڑی ہوا کرتی ہیں۔ گنجی ہوا کرتی ہیں اور یہ جنم لیتی ہیں اس دلدل میں جو رسّا کشی اور کشمکشوں کے درمیان ہوتا ہے ان تین کہانیوں کے بعد تم نے کبھی اندر اور باہر کے بیچ گوشت اور ہڈی کی جو دیوار ہے انہیں ڈھانے کی کوشش نہیں کی جب یہ فلیٹ جس میں تم رہ رہے ہو تم نے نہیں پہنا تھا تو تمہارا باہر اور اندر ایک سا تھا۔ لیکن جب فلیٹ تم پر سوار ہوا تم مرکری ٹیوب اور ایر کنڈیشنڈ پلانٹ (Aircondition plant) سے جڑے ہوئے بند کمرے میں بیٹھ کر کہانیاں لکھ رہے ہو۔ یہاں بیٹھ کر ناٹک کے لئے کچھ بھی تو نہیں لکھ سکتے۔ تم تو یہاں محض ٹیڑھی کبڑی کٹھ پتلیوں کو جوڑ کر قصوں کا تاج محل تعمیر کرتے ہو اور ونڈ اسکرین والے کیڈلاگ پر بیٹھ کر سیدھے کلا مندر والے بند ہال میں پہونچ جاتے ہو۔ مگر اس تاج محل سے تمہیں کیا مل سکتا ہے۔ ہاں اس سے کہانی تو نہیں پتھر کا راجہ اور شیشے کی رانی ضرور مل جائے گی اور تاج محل پہ چڑھا شید خون اور اس کی سفیدی تمہیں اس وادی کی طرف لے جائے گی جہاں آنکھوں

کے دیدے الٹ کر بھی نہیں پلٹتے"!

"کچھ بھی ہو میری لالٹین تم نے خوب یاد دلایا میں اس تاج محل سے شمشیر بدست راجا اور گوشت پوشت والی رانی چن کر لے آؤں گا۔ صرف چننے کی دیر ہے ورنہ کہانی ان کے آگے بھی ہے اور پیچھے بھی۔"

"بے شک اگر تم پیچھے جانا چاہتے ہو تو ان کو چن کر لے آؤ اور اسٹیج پر ان کی کٹھ پتلی بنا دو۔ لیکن انکے آگے تمہیں میں ملوں گی۔ کیوں کہ ان سے آگے میں ہوں۔ تمہیں میری کہانی لکھنی ہوگی۔۔ میری کہانی بڑی گہری ہے مگر سیدھی اور پیاری پیاری ہے۔ سیدھے سچ کی گہرائی سمندر سے کم نہیں ہوتی، تمہیں معلوم ہونا چاہیے تم اس کی گہرائی سے کوئی بھی پتہ کھینچ کر باہر لا سکتے ہو اور سب کے سامنے کھڑا کر سکتے ہو۔ لکھو! لکھو! میری کہانی لکھو! ناٹک کار!

"دیکھو تم اپنی بکواس سے فضا بگاڑ رہی ہو ———"

تمہارے اس کمرے میں کیا ہے۔ اسنو کی سی سفیدی دیوار سے لگ کر بلک رہی ہے سرد رنگوں میں کسمساتا تجریدی آرٹ بے وزن کائی کی طرح لینولیم کی فرش پر خواب آلود ہے جون کا مہینہ کیل سے ٹنگا ہے۔ اس مہینے کے اوپر گھٹا ہوا جسم، بھیگی مٹی کی خوشبو، پسینے کی بوندوں میں بھرے بھرے اور پھیلتے ہوئے حوصلے۔ سنسان سکڑے ہوئے کھیت کے سپاٹ جسم پر بیلوں کے کھروں کے گہرے گہرے اور بھیگے بھیگے نشانوں کی چادر تنی ہے۔ اور اسی کی برتار میں سانس لیتی ہوئی سنہرے امیدوں کی دیوی اپنے دیوتا "گرم کیوری" کی خاطر آکاش کے سپنائے دیوتاؤں سے سانس سانس لڑ رہی ہے۔ مگر یہ سب کچھ تو پولی تھن کی دیوار میں بند ہیں۔ لیکن یاد رکھو جس دن گرم مہینے کا گرم سورج نیچے سے اوپر کو چلا جائے گا اسی دن پولی تھن کی دیوار پگھل کر تمہاری آنکھوں میں ٹپک جائے گی۔ پھر تمہاری شیشے کی رانی پتھر کی رانی بھی ہو جائے گی۔ اور تمہیں خبر تک نہ ہوگی۔ ناٹک کار تمہیں کہانی چاہیے تو پولی تھن کی اس دیوار کو نوچ کر پھینک دو اور یہ فلیٹ جو تم نے پہن رکھا ہے اسے جھٹک دو۔ اور نکل جاؤ "کھال پل" کی طرف اور ملو شمشو کی ماں سے۔ میرے اندر کی کہانی تمہیں وہاں بھی موجود ملے گی۔ میں تمہیں وہاں بھی نظر آؤں گی۔ شمشو کی ماں تمہارے لئے میرے لئے اور ہم سب کے لئے اتہاس کے پنے لئے بیٹھی ہے مگر اس اتہاس کی طرف تمہارے قلم کی آنکھ نہیں جاتی ہے۔ ہر آنکھ شمشو کے اندر بھی نہیں تاکتی

شمشو جس کے دائیں ہاتھ کی ہڈی کو کیلنڈر مشین کے رولر نے چبا لیا ہے اور بائیں ہاتھ کا خون کارخانے کے اوپر بیٹھے ہوئے گدھ کے ہونٹوں پر پھیلا تڑپ رہا ہے۔ کہانی کار، افسانہ نگار، ناٹک کار جاؤ اس گدھ سے للکار کر کہہ دو کہ یم دوت اس سیڑھی کو تقریباً طے کر چکا ہے جو سیڑھی اس گدھ کی گردن کو چھوتی ہے۔ میں تمہیں پل کے نیچے جو کھال ہے اس کے دونوں کناروں پر بھی ان جھونپڑوں میں بھی ملوں گی جس کے اندر پریم، وشواش، نفرت، بھوک، بیکاری اندھیرے اور اجالے پر کسی کی اجارہ داری نہیں۔ شمشو اور شمشو کی ماں ان کرموں کے بھنور ہی میں پلے ہیں۔ مگر یہ بھنور انہیں غرقاب نہیں کر سکتا کیونکہ یہ ابھرنے والے ہیں۔ ناٹک کار نکل جاؤ کھال پل کی طرف وہیں تمہیں اندھیرے اور اجالے کی کہانی دوں گی اور اندھیرے اور اجالے کے بیچ جو کہانی دب کر رہ گئیں اسے بھی تمہاری جھولی میں ڈال دوں گی۔ ناٹک کار کہانی لکھو تو میری .... مجھے اس طرح نظر انداز نہ کرو ——— !

"دیکھو لالٹین جنم کے کرموں کے اصول کو زیادہ نہ کوٹو ——— میں تمہاری کہانی سن لوں گا۔ مگر ذرا چھوٹے قد کی ہو تو" ———

لالٹین کی لو پھڑ پھڑائی ——— اندر ایک بھبکا اٹھا اور چمنی دھوئیں سے بھر گئی۔ پھر آہستہ آہستہ مٹیالی روشنی سارے کمرے میں پھیل گئی ——— لالٹین کی لو سے آوازیں ٹپکنے لگی جیسے کوئی دبیز کاغذ کو آنسو سے بھگو رہا ہے ——— ناٹک کار کچھ سنبھل گیا۔

ہاں ناٹک کار میں تمہیں اپنی کہانی جنم دن سے سناتی ہوں ایسے لوگ تو میرے جنم دن کے بارے میں سوچتے نہیں۔ میرا جنم دن اس دن ہوا جب ایک سورج سے پگھلتے ہوئے دماغ کے سامنے موم کی شمع کی لو کو ہوا کے جھونکے نے بے دردی سے قتل کر دیا تھا۔ اور ایک دن وہ پگھلتی سوچ کاغذ کے جسم پر جھول گئی۔ میرا پیکر اس جسم پر تبسم تھا جب میری آنکھ کھلی تو دیکھا تین انگلیوں کے بیچ ایک چمکتا ہوا سنہرا قلم پھنسا ہوا ہے۔ ان انگلیوں کے مالک کے چہرے کی ہڈی گوشت کی تلاش میں باہر نکلی ہوئی ہے اور آنکھیں روشنی کی کھوج میں اندر چلی گئی ہیں۔ اس مالک کے چاروں طرف روشنی کی زنجیریں رقص و موسیقی میں مصروف ہیں۔ پھر میرے پیکر سمیت وہ کاغذ ان انگلیوں سے جدا کر دیا گیا ——— انگلیاں خربوزے کے بیج کی طرح سرد ہو گئیں۔

سڑے ہوئے مگر سنبھلے ہوئے ذہنوں نے مجھے اس کاغذ سے کھود کر باہر کر لیا۔

مجھے دہکتے انگاروں کے سپرد کر دیا گیا۔ میری پرورش ان انگاروں نے کی اور مضبوط ہاتھوں نے مجھے کھینچ تان کر جینے جلانے کا ڈھنگ سکھایا۔ اور جب روشنی میرے پیٹ کی باندی بن گئی اور میری کھوپڑی اسے غذا پہونچانے کے لائق ہو گئی تو میرے سراپا کو مکان کے دیوار سے لگی ہوئی کیل سے لٹکا دیا گیا اور میں اس کیل سے اٹکی ہوئی ایک انجانے سفر اور نہ ٹوٹنے والی کہانی کی گردش کے لئے آنکھ موندے ان گنت گھڑیوں سے کھیلتی رہی۔

اور ایک دن میں اپنی روشنی کے پیچھے سایہ کی طرح کھڑی تھی۔ بیل گاڑی کے دو پہیوں کے بیچ اور اپنی روشنی کے پیچھے اس آدمی کی طرح کھڑی تھی جسنے اپنے بیٹوں کو جوان کرنے میں اپنی باہنوں میں برف کا پتھر ڈبو لیا ہو ــــ بیلوں کے گلے میں پڑی پیتل کی گھنٹیاں، راستے کے پنکھ پکھیرو، نہر، پیڑ پودے، بیل بوٹے، پھول کنکر، دھول گرد، کیچڑ کادا، نرم گرم سینوں میں مدھم ٹمٹماتی گونج۔

اندھیری فضا میں اپنا اتا پتہ بہروں میں گھولتی آگے بچھے ہوئے راستوں کو مجھے پھینکتی چلی جا رہی تھیں۔ میرا سایہ دونوں پہیوں کے بیچ اپنی روشنی کے پیچھے ڈولتا جا رہا تھا۔ بیل گاڑی کے آمد سے پہلے گاؤں کے مٹیالے گھروں کے چراغ دم توڑ چکے تھے۔ جس گھر میں میری پرورش ہوئی تھی اس گھر میں چراغ اب بھی روشن تھا۔ میں نے دیکھا میرے پیٹ کی باندی روشن چراغ کے سر پہ چڑھی جادو کی طرح ادھر ادھر لپک رہی تھی لیکن روشنی کی یہ لپک ہوا کے تیز جھونکوں کے سامنے ایک مغل کنیز بن جاتی تھی ــــ میں دل ہی دل میں مسکرائی ــــ میرا وجود تو اس کشتی کو پھونک کر ہوا ہے جو کنیزوں کے سروں کو صرف سجدہ کرنا ہی سکھاتی تھی۔ اس چراغ کے سامنے مجھے تین چھوٹے بڑے چہرے نظر آئے۔ ان کی آنکھوں کو میں شاید "عجیب وغریب" ہی نظر آ رہی تھی۔ اور ان کی کتابیں انہیں حیرت سے تک رہی تھیں۔ اچانک مجھ پر قابض ہونے کو ان تینوں میں زبردست جنگ چھڑ گئی۔ چراغ کو بجھا کر کسی ایک کونے میں رکھ دیا گیا۔ اور میں چراغ کی طرح ان تینوں کے بیچ اچھی طرح جم گئی۔

جلتے جلتے میں نے ان تینوں کے بارے میں سوچا تھا۔ ان تینوں سے اور لانے والے کے ساتھ میرا کیا لگاؤ ہے۔ میں نے ان رشتوں کو بھی سمجھا۔ بہت کچھ جاننے اور سمجھنے کے بعد میں بھی اس خلدان کا ایک فرد بن گئی۔ برس پہ برس کھا گئی۔ تین چہروں پر مہینے اور سال چڑھتے گئے۔ گن اور اوگن اس میں سماتے گئے۔ گن اور اوگن کی سیما ریکھا اقلیدس کے نقطوں سے بھی زیادہ پکی ہوتی ہے۔ اگر یہ خط دونوں کے بیچ سے کھینچ کر باہر کر دیا جائے تو دونوں گڈمڈ ہو کر بے بنیاد اور بے حقیقت

ہو جاتے ہیں۔ ان تینوں چہروں میں دو چہرے اور دونام سیماریکھا کو اپنے اپنے سامنے سے کھینچ کر باہر نہ کر سکے۔ ایک نے اسے کھینچ لیا۔ وہ سیماریکھا سے کترا کر واپس چلا آ رہا تھا جہاں سے میں گئی تھی ایک دہائی پہلے۔ میں بھی تھی ساتھ ساتھ۔ ایک دن میں نے وہاں اس مالک کو بھی دیکھا جس کی انگلیوں نے میرے پیکر کو جیون کی دہلیز پر سجایا تھا۔ مگر اب ان انگلیوں میں سنہرا قلم دھنسا نہیں تھا۔ بلکہ وہ ایک فائل پکڑے ہوئے تھیں جس میں اس کے تجربے کار اشتہار دہن اور جسمانی تربیت کے اسناد اور بیوی بچوں کی بلکتی ہوئی چٹھیاں پڑی تھیں۔ میں اسکے سامنے سے گذر گئی۔ میں بہت کھنکھنائی لیکن شاید اس نے میرے وجود کو بھلا دیا تھا۔ وہ کچھ بھی یاد کرنے پر آمادہ نہ ہوا۔ مجھے اس دن اس خالق پر غصہ بھی آیا اور پیار بھی۔ پیار اس لئے کہ وہ میرا جنم داتا تھا اور غصہ اس لئے کہ وہ مجھے میرے وجود کی تکمیل سے پہلے یتیم کر گیا ــــ پھر بھی مجھے یتیم ہونے کا ذرا بھی قلق نہ ہوا۔ کیوں کہ میں آدم کی اولادوں کے لئے روشنی کا پیغام بن گئی۔ اور اس آدم کی اولاد کی کہانی اس دور میں مجھ سے گتھ گئی۔

آدم کی اولاد نے سیماریکھا جو گن اور اوگن کے بیچ تھی اسے شہر میں لا کر شمشان گھاٹ اور گورستان کی بھینٹ چڑھا دیا تھا اور گھنوں کو لیپ بنا کر چہرے، آنکھ کے دیدوں بلکہ سارے بدن پر چڑھا یا ہوگا تا کہ تمہیں کوئی پہچان نہ سکے اور تم بھی کسی کو نہ پہچان سکو۔ ماتھے پہ شکن نہ ڈالو۔ یہ گھن تمہیں چاٹ نہیں سکتے۔ کیوں کہ تم مکمل گھن بن جاؤ گے۔" اس آدم کی اولاد نے ایسا ہی کیا ــــ اسے وہ سیڑھی مل گئی جس پر چڑھ کر وہ ہمالیہ کی اس اونچائی کو بھی پی گیا ــــ اسے ہر چیز چھوٹی بالکل چیل کوؤں کی طرح نظر آئی ــ ناٹک کار! اس بات کو ناٹک کے المیہ کا کلائمکس بناتا ــــ ان چیل کوؤں میں اس آدم کی اولاد کا وہ کسان باپ بھی تھا جس نے مجھے خرید کر اس کے لئے اٹوٹ روشنی کا انتظام کیا تھا اور محض اس روشنی کی خاطر میلوں کی مسافت طے کی تھی۔ جانتے ہو ناٹک کار جب یہ کسی نوکر شاہ کی بیٹی کو بیوی بنا کر لایا تو جہیز میں اسے طوطے کی آنکھیں ملیں، بھیڑ کی کھال ملی، اور ہاتھوں میں پہننے کے لئے سیاہ دستانے۔ اس کے بعد جانتے ہو کیا ہوا اس آدم کی اولاد نے اپنے باپ کو پہچاننے کے لئے صرف اس لئے انکار کر دیا کہ وہ اس کا باپ تھا۔ باپ اور پاپ کے بیچ کی سیماریکھا بھی کچے دھاگے کی طرح پھسپھسا کر ٹوٹ گئی۔ باپ کے ہاتھ میں مٹی کی وہ کڑاہی تھی جس میں اس کی ماں کی بھیجی ہوئی گڑ کے رسوں کی ڈلیاں تھیں۔ اس میں سوکھی ہڈیوں کا کسی بھی بناوٹ سے خالی گرم گرم رسما پکوان تھا۔ مگر اس گرم بھینٹ کو سویکار کرنے والے بڑی بے اعتنائی

سے مٹی کی کڑھائی پر اجنبیت کی اینٹ ماردی اور وہ کڑھائی ٹوٹ کر بھی کھنک نہ سکی۔ کھنک ——! جو ٹوٹتے وقت اس کا آخری اور قطعی حق تھا۔ کڑھائی کا ٹوٹنا المیہ کا کلائمکس نہیں ہے تو اور کیا ہے! اور کیا ہے........

بس ناٹک کار یہیں تک لکھ لو —— ناٹک کار تمہارے قطب میناروں، تاج محلوں اور پلاٹینیم کے آسمان میں اُگے ہوئے مصنوعی تاروں نے بھی کچھ تو دیا ہے اور —— اور کیا کیا نہیں چھین لیا ہے۔

"دیکھو لالٹین —— المیہ کے بعد بھی ناٹک کے لئے کچھ ضرور ہونا چاہیے آگے کہو۔

اس ٹوٹی کڑاہی کے بعد میری باری آتی ہے۔ میں بوڑھی ہوگئی تھی اس کی نظر میں —— اور شاید ایسا تھا بھی۔ پاس کے فلیٹ کی روشنی جب بھی کھڑکی کے پردوں کو سرکا کر باہر نکلتی میری روشنی کو تلوار کی تیز دھاروں کی طرح کاٹ کر واپس چلی جاتی۔ اور ایک دن بھک سے عجیب و غریب روشنی میرے آگے پیچھے اوپر پڑی لمبی لمبی کو دیر تک ڈھونڈتی رہی۔ لیکن وہ تو شاید کب کی منوں مٹی کے اندر گم ہو چکی تھی۔ مجھے گھر سے نکال کر اس آدم کی اولاد نے ایسے نرک میں ڈال دیا جہاں صرف اندھیرا ہی نہیں تھا بلکہ اس آدم کے حیوانیت بھی تھی جو کیچوے کی طرح پھنپھناتی رہتی تھی۔ میں چاہتی تھی کہ وہ مجھے اس نرک سے نکال کر کہیں دفن کر دے ایک دن میرے حواس درست نہ رہے اس کی حیوانیت کو میں نے مٹیالی روشنی دکھانے سے انکار کر دیا تھا۔ اور پھر میں اسی گھر میں پہنچ گئی تھی۔ جہاں میں کئی سال کے لئے زندہ رہنے کا خواب دیکھ سکتی تھی۔ ہاں یہ وہ گھر ہے جس میں تمہارا یہ مودب ملازم رہتا ہے۔ جس کے پاس تمہاری طرح دودھیا اجالا نہیں کیونکہ تمہارا یہ کمرہ ان اجالوں کا مدفن بن کر رہ گیا ہے"

یہ بکواس ہے۔ تمہاری کہانی ہی بکواس ہے۔ میں نہیں لکھ سکتا تمہاری کہانی —— بند کرو —— بند کرو ——!!

ناٹک کار تمہیں میری کہانی لکھنا ہوگی —— جب تک میں زندہ ہوں میری کہانی تمہیں لکھنا ہوگی ——!!

تم آج میری مجبوری کا فائدہ اٹھانا چاہ رہی تھیں —— تمہاری بوسیدہ روشنی اتنی بڑی قیمت مجھ سے وصول نہیں کر سکتی سمجھی ——"

اچانک ٹیوب لائٹ دودھیا اجالا برسانے لگتا ہے کمرے میں دن اور رات کا فرق مٹ جاتا ہے۔

ناٹک کار چلاتا ہے "لے جاؤ اس بڑھیا کے پتلے کو لے جاؤ ــــ بجھا دو اسے ہمیشہ کے لئے"

لالٹین کی روشنی مدھم ہو جاتی ہے ــــ لیکن سرگوشی جاری ہے۔

ناٹک کار میں تو چلی ہی جاؤں گی لیکن تمہیں میری کہانی لکھنی ہی ہوگی ــــ"

لائٹ ! ــــ لائٹ ! روشنی ہوتی ہے ــــ ناٹک کار کے کردار سب کے سب ناٹک کار کے گرد جمع ہیں۔

"گرو ــــ ! گرو ! تم روشنی روشنی یوں پکار رہے تھے ٹیوب لائٹ تو چراغ کی طرح دھوکا نہیں دیتا ــــ یہ تو متواتر روشن تھا شاید آپ بہت زیادہ پریشان ہیں۔

ہم سمجھ گئے گرو ! آپ کو کوئی نئی کہانی نہیں ملی ــــ ہم لوگ اپنا مطالبہ واپس لیتے ہیں۔

"پرانی کہانی پر ہی ہم سب کام کریں گے ــــ جو ہوگا دیکھا جائے گا !

ناٹک کار تعجب اور غور سے ایک ایک کردار کو دیکھتا ہے اور کہتا ہے۔

"نہیں نہیں ایسی کوئی بات نہیں۔ تم سب دھیرج رکھو۔ کہانی مل چکی ہے۔"

پھر ناٹک کار ایک ایک کر کے تمام کھڑکیوں اور دروازوں کو کھول دیتا ہے۔ ٹھنڈی ہوا اندر آتی ہے اور ناٹک کار دودھیا اجالے سمیت باہر کی طرف نکل جاتا ہے۔

ریڑھ کی ہڈی

دھیرج سے بیٹھی ہوئی ''رام بتی'' کسی آنیوالے طوفان کے بارے میں سوچ رہی تھی ـــ

طوفان اس کی زندگی میں یوں تو بہت آئے تھے مگر آج دھیرج کا طوفان اس پر مسلط تھا اسے یاد آرہا تھا وہ آدمی جو عجیب سا تھا جس کا نام ''شیو گوبند'' تھا اور جو ہمیشہ طوفان خوف، دھرتی آکاش اور اسکے رنگ کو بدلنے کی کوشش کیا کرتا تھا۔ جب شیو گوبند یہ باتیں کیا کرتا تھا تو رام بتی ہمیشہ اس کی آنکھوں میں جھانکا کرتی تھی۔ اسے ان آنکھوں میں ان گنت رنگ آتے اور جاتے دکھائی پڑتے تھے لیکن جب اس آدمی کا جبڑا بھینچ جاتا تھا، بھنویں تن جاتی تھیں، انگلیاں مٹھیاں بنالیتی تھیں اور نسیں گوشت کی تہہ سے اچھل کر اوپر آجاتی تھیں تو اس کی آنکھوں کا رنگ بالکل سرخ ہو جاتا تھا ایسا لگتا تھا کہ طوفان اس کے جسم سے اور خون اسکی آنکھوں سے نکل کر رام بتی کو اور اس سے دیمک کی طرح چمٹے ہوئے ماحول کو توڑ مروڑ کر

اس کنویں میں ڈال دیا گیا جسکی کھدائی میں اس کے دائیں پیر کی چار انگلیاں بلی چڑھی تھیں۔ جب اس کی چار انگلیوں کی بلی چڑھی تھیں تو گاؤں میں ہفتوں رنگ رلیاں منائی گئی تھیں۔ مستمہ کے راہول بابا نے سات دن چلہ کھینچا تھا۔ گانجے اور بھانگ کی سات دکانیں دنگل کے بوڑھے پہلوانوں کی طرح خالی ہو گئی تھیں۔ "روپ میتوں" کے روپے نہ جانے باجرے کے کن کن کھیتوں میں بکھرے پڑے تھے اور سسکتے رہے تھے۔ مندر کی ساتوں گھنٹیاں سات دنوں تک چیختی رہی تھیں۔ ڈولتی رہی تھیں۔ انگلیاں اسکی چار کٹی تھیں، پھر سات دنوں کا پڑ گیا تھا ایک مزدور کی سات دنوں کی اکیس ۲۱ روٹیاں پٹ گئی تھیں مگر پھر بھی وہ سات دنوں خوش رہا تھا کیونکہ اس کا عقیدہ تھا کہ جب آدمی کا خون کنویں کے پانی سے پہلے بہے تو کنویں کے پیٹ سے ندی نکلتی ہے اور جس کنویں سے ندی نکلتی ہو وہ کنواں ایک ریگستانی گاؤں کے لئے سمندر ہے ——

کنواں زمیندار کا تھا مگر امید سب کی تھی گرچہ پھر سات دنوں کا تھا مگر ——

شیو گوبند کو آٹھ دن کی مزدوری تین دھوتیاں، تین گمچھے اور چھ کرتیاں دی گئی تھیں۔ لوگوں نے باری باری اس کی کٹی ہوئی انگلیوں کو چھوا تھا نہ جانے کتنی مانگوں میں اسکی انگلیوں کی دھول رچ گئی تھی گھنٹوں کے ہنگامے کے بعد اب درد کو سمیٹا ہوا وہ رام جی کے پاس بھاگ کر آیا تھا۔ رام جی سے اس نے پوچھا تھا کہ وہ اس کی انگلیوں کی دھول کو مانگ سے چھوائے کیوں نہیں آئی۔ اس نے جواب دیا "دھول دھول ہے اس کی مانگ کو دھول کی ضرورت نہیں تھی بلکہ اس خون کی ضرورت تھی جو اس کنویں کے پیٹ کی نذر ہو گیا پھر وہ رام جی سے چمٹ کر گھنٹوں کانپتا رہا تھا اور وہ جب اس سے الگ ہوا تھا تو اس کی انگلیوں سے خون کے کئی ہزار قطرے ٹپک چکے تھے۔ خون کے قطروں نے ٹپک کر مٹی کے رنگ کو بدل دیا تھا۔ اس نے غور سے مٹی کے بدلے ہوئے رنگ کو دیکھ کر رام جی سے کہا تھا اگر دنیا کے ہر کنویں کھودنے والوں کی انگلیوں سے خون کے قطرے ٹپک کر اس دھرتی پر جم جائیں تو اس دھرتی کا رنگ کیا ہو جائیگا۔ رام جی نے اسوقت کہا تھا کہ صرف خون ٹپکنے سے کیا ہوتا ہے۔ قطرے جب الگ الگ ٹپکیں گے۔ ہر قطرہ دوسرے قطرے سے اجنبی ہوگا۔ خونی قطروں کے ساتھ وہ ڈور بھی چاہیے جو ان قطروں کو ایک مالے میں پرو دے۔

رام جی کی یہ باتیں سن کر وہ بے تحاشہ گھر سے بھاگ نکلا تھا شاید اس ڈور کی

تلاش میں جو بکھرے ہوئے قطروں کو ایک مالا دے سکے۔

رام بتی نے اسے روکنے کی کوشش بھی نہیں کی تھی اور جب وہ لوٹا تھا تو اس کے چہرے اور جسم پر تجربوں کی بے شمار چھاپیں تھیں۔ رام بتی نے ان چھاپوں کو ایک ایک کر کے چوما تھا اور ان چھاپوں کو خود پر مسلط کرنے کی کوشش کی تھی۔ اس نے آکر رام بتی سے بتایا تھا کہ دنیا کتنی وسیع ہے۔ مگر اس کے رنگ میں کتنی یکسانیت ہے۔ یہ کبھی نہیں بدلتا۔ اس نے بتایا کہ اس نے رنگ کو بدلنے کی کتنی کوشش کی مگر ہر بار اس دنیا نے اس پر ایک نیا رنگ چڑھانے کی کوشش کی۔ ان چڑھتے ہوئے رنگوں سے وہ ہمیشہ لڑتا رہا، لڑتا رہا مگر!

آج وہ یہاں چلا آیا تھا۔ اس نے ایک قدم پیچھے ہٹایا تھا شاید دو قدم آگے جانے کو۔ شاید ان رنگوں کے روپ کو سمجھنے کے لئے۔ لیکن نہ جانے وہ کیوں سمجھ نہیں پا رہا تھا پھر اس نے رام کی گود میں اس بچے کی طرح سر گاڑ دیا تھا جو "ہیو آیا" کے نام سے ڈرتا بھی تھا اور انہیں مار بھگانے کی ترکیبیں بھی سوچتا تھا۔ رام بتی نے ہلکے ہاتھوں سے اسے تھپکی بھی دینی شروع کر دی تھی اور اسے بھی نیند آنے لگی تھی مگر نہ جانے اچانک وہ چونک کر کیوں بیٹھ گیا رام بتی بھی اس سے کچھ دور جا کر بیٹھ گئی تھی۔ پھر وہ اس ماں کی طرح رونے لگا تھا جس کی کوکھ نے کسی ایک زندگی پر بھی کبھی احسان نہیں کیا بلکہ ان موتیوں پر احسان کیا تھا جو اس کی آنکھوں سے پگھل کر ان زندگیوں میں گھل مل گئے تھے جو مردوں کی صفوں میں بچھ کر اس پٹی پٹائی دنیا پر احسان کر سکتی تھیں ــــ!

ممتا ــــ

آج کی ممتا ــــ

آج کی ممتا کتنی بے سہارا اور بے روح ہے۔!

آج کی ممتا ایک چیخ ہے ــــ!

ایک خوف ہے ــــ!!

ایک وحشت ہے ــــ!!!

ایک سناٹا ہے۔ !!!!

ایک ریگستان ہے جو ہزار خانوں میں بٹا ہے۔ اور ہر خانے کے سینے پر ہواؤں کے بے صدا

گھنگھروؤں کا پر فریب رقص جاری ہے کومل پیروں کی چاپ اور ان سے لپٹی ہوئی راگنی کہیں کبھی تو نہیں ـــــ کہیں کبھی تو نہیں۔ ہر طرف ریت ہی ریت۔ چبھتی ہوئی ریت۔ جوں جوں اس کی آواز تیز ہو رہی تھی رام بتی اس سے دور ہوتی جا رہی تھی۔ یہاں تک کہ رام بتی اس کی آنکھوں کی روشنی کی سرحد سے بھی دور نکل گئی اور جب اس نے گردن اٹھائی تھی تو اس کی آنکھوں کی روشنی صرف گوبر مٹی کی کھردری دیوار مکڑی کا جال بن کر تڑپنے لگی تھی۔ روشنی حدت اور گوشت کا وہ مجسمہ اس سے بہت دور ہو چکا تھا۔ وہ آوازیں دے دے کر نڈھال ہو چکا تھا۔ کاٹھ کی چوکی اسے پریم بھری نظروں سے تک رہی تھی اور پھر وہ چوکی سے لگ کر سو گیا ـــــ صبح جب اسکی آنکھ کھلی تھیں تو اسے رام بتی اسپتال کی چار دیواری میں نظر آئی تھی ـــــ جہاں تین مہینے میں ڈاکٹر صرف ایک بار آتا تھا اور سفارشی چٹھیوں اور نذرانوں کے عوض مریضوں کو مرض بتا کر ان سے زندہ رہنے کی امید چھین لیا کرتا تھا۔ اس نے رام بتی کو بلایا تھا اور اسپتال جانے کی وجہ پوچھی تھی۔ مگر رام بتی ٹال گئی تھی ـــــ

رام بتی شام ڈھلے اس کے پاس آئی تھی اس نے رام بتی سے پھر کل بھاگ جانے کی وجہ پوچھی تھی، رام بتی کچھ وقفوں کے لئے گم سم سی ہو گئی تھی مگر رام بتی جب کیفیت سے باہر آئی تھی تو شیرنی کی طرح گرج رہی تھی۔ رام بتی نے کہا تھا کہ شیو گوبند ہر سمیا کا حل اپنے اندر ڈھونڈتا رہا ہے۔ اندر کی دنیا کو باہر کی دنیا سے جوڑنے کی کبھی کوشش نہیں کی۔ ہر اس آدمی کو سنکی کہا جاتا ہے جو اپنے بھیتر کی " آنچ کو " پیپل کی ٹھنڈی چھاؤں کہ ٹھنڈی دھوپ سے لٹنے والے سپاہی کے لئے ٹھنڈی چھاؤں سمجھ لیتا ہے اور یہ سمجھنے کی کوشش نہیں کرتا کہ صرف آنکھ بند کر کے ٹھنڈک کے تصور میں کھو جانے سے دھوپ کے پھاوڑے کند نہیں ہوتے اور ریڑھ کی ہڈی کے بغیر آدمی ان کے سامنے تن نہیں سکتا اس نے دھوپ کو نہیں سمجھا۔ اس نے لڑائی کو نہیں سمجھا۔ دھوپ اور لڑائی کے بیچ جو سپاہی ہے کبھی اسے بھی سمجھنے کی کوشش نہیں کی۔ سمیا کو سمجھنا کہ سمیا سے پہلے لڑائی ہے۔ لیکن اس نے یہ لڑائی کبھی نہیں لڑی اس لئے ہر سمیا نے اسے گہری چوٹ لگائی اور ہر چوٹ پر وہ ایک نئے انداز سے روتا رہا ہے ـــــ

آخر وہ کیا کرے ـــــ ؟ "

"آخر وہ کیا کرے ــــ ؟"

وہ آٹے کی چکی کی طرح اس سوال کے ساتھ ناچتا چلا گیا تھا۔ رام بتی نے کہا تھا کہ کیا ضروری ہے کہ جس پتھر کو تم نہ جانو اس سے ٹکراؤ بھی اور پھر کیا ضروری ہے کہ تم تنہا دنیا کے اس کونے سے اس کونے کو ڈورسے باندھنے کی کوشش کرو جو محض کچے دھاگے کی پیداوار ہو کیوں نہ ہم پہلے اس گھر کے ایک سرے کو دوسرے سرے سے اس ڈور سے باندھ دیں جو ہمارے خون کی طرح رواں اور ارادوں کی طرح پکی ہے۔ اور وہ لپک کر رام بتی کے بالکل قریب آگیا۔ رام بتی نے کہا تھا" جانتے ہو آج اسپتال کا ڈاکٹر آیا تھا اس نے اس ڈور کی پہلی موت کی خبر دی ہے۔" اور پھر وہ رام بتی سے اور بھی زیادہ قریب ہو گیا تھا۔ رات صبح کو اور بے تحاشا بھاگتی چلی گئی تھی اس رات کے بعد دھوتی کا رنگ بدلنے لگا تھا۔ وہ عجیب سا آدمی تبدیلی کی نذر ہو گیا۔ تبدیلی رواں تھی ــــ

رام بتی آج بھی بت بنی سوچ رہی تھی "شیو گوبند" کے بارے میں اس عجیب سے آدمی کے بارے میں جو اس کا شوہر تھا اور جس کے ایک بیٹے نے آج کنویں کے پیٹ میں بسنے والی ندی کے پانی کو زمیندار کے خون سے ہزاروں آدمیوں کے بیچ اس لئے لال کر دیا تھا کہ اس نے راہ چلتے دو پیاسوں سے پانی کی چند بوندوں کی بولی لگائی تھی۔ اس نے کنویں کے پیٹ کی نہیں ماں کی کوکھ کا نیلام کیا تھا ــــ

اس کا بیٹا گھر آیا ہے اور روز کی طرح اپنے بھائیوں کے ساتھ بیٹھ کر خوشی خوشی سوکھی روٹی کھانے لگا ہے۔ رام بتی دھرم کے طوفان میں اب تک گھری ہے اور دیکھ رہی ہے کہ وہ عجیب سا آدمی ان تمام روٹی کھاتے ہوئے بھائیوں سے کسی اٹوٹ ڈور کی طرح کتنی شدت سے لپٹا ہوا ہے۔ ان میں کس طرح پھیلا ہوا ہے ــــ

بالکل اسی طرح
جیسے ریڑھ کی ہڈی ــــ

ترتیب

حروف تہجی الف اور ب کی مخالفت میں نئی ترتیب الف اور ب ۔ ب اور الف ۔ الف اور ب کا ملاقی تصادم ۔ دونوں بے ہوش ۔ نہیں ایک کا قتل اور دوسرا نروس ۔ ایک ذراسی ٹھوکر ۔ دونوں کھڑے ہوئے ٹرنک میں ۔ ٹوانچ مدر شار کے گولے کا بلاسٹ ۔ سب کچھ دھوئیں میں تحلیل ۔ نہ کوئی منظر نہ کوئی مظہر ۔

ٹو ٹیر کوپے میں سفید ریش بوڑھا بیوپاری اور ملانیہ ایک لڑکی ۔ منزلیں دو ۔ کوپے ایک ۔ ملانیہ کے گداز سینے پر انگلیوں کا رقص ۔ رانوں پر نرم ہتھیلیوں کی مالش ۔ اندھکار ۔ آدمی کا دو نمبر چھلانگ لگا کر باہر ۔ ایک نمبر اور دو نمبر کا ٹکراؤ ۔ سفید ریش بوڑھے کا تجربہ کی چہرہ زرد پانیوں اور تھوک سے دھل گیا اور اس کے پیٹ سے ٹپک کر جما ہوا خون اسکی زبان کو باہر کھینچ کر اس پر مل دیا گیا تاکہ وہ اپنی پسندیدہ لذت کی شناخت کر سکے جسے وہ جیتے جی نہ کر سکا ۔ خط مستقیم پر چلنے والی مسافر ملانیہ پرانے خط میں نیا خط جوڑنے میں مصروف ۔ انکوائری ۔ کئی منفعل شخصیتوں کا کوپہ میں داخلہ ۔ اندر سے دروازہ مقفل ۔ ملانیہ کے بے گناہ نرم گوشوں میں پے در پے کئی خطوط مستقیم کا سرایت ہونا ۔

انکوائری مکمل ہے ۔ سفید ریش بوڑھے کی لاش کا پوسٹ مارٹم ۔ قاتل کی تلاش ۔ جاری شدہ احکامات ۔ اک ذراسی ٹھوکر ۔ دونوں ٹرنک میں ۔

نبی تو توں کو نئی ترتیب کی گہری ٹوکری میں ڈال کر کوڑا ٹب میں ۔ بس نام اللہ کا ۔ ہرے راما ہرے کرشنا ۔ ہرے کرشنا ہرے راما ۔ یاحق

آؤ بابا تمہیں بھبھوت مل دوں کہ تمہاری خدمت میرا مقدر۔ تمہارا روپ میری پرستش۔ ابھی میرے ننگے ہونے میں دیر ہے۔ بدن کی مخالفت میں ٹانگوں کی ترتیب باقی ہے۔ دایاں اوپر بایاں نیچے۔ دایاں دکھن بایاں اتر۔ کوئی کہیں بھی۔ اوپر نیچے نیچے اوپر۔ اتر دکھن۔ دکھن اتر۔ لیکن درمیان بالکل خالی۔

زاویہ بناتی ہوئی موٹی ٹانگیں۔ بیچ کی لکیر غائب۔ درمیان خیالی سمتیں۔!!

ناقابل اعتنا لکیر کی تجدید۔ درمیان کی خالی کوکھ میں گرم گرم شور۔

آؤ چلیں شیفالی۔ ترتیب کی ناکامی پر آنسو بہانا سمندروں کے لئے بے معنی ہے۔ آؤ گپھاؤں میں پردیش کریں۔ بھبھوت۔ جسم اور اس پر تنی ہوئی لکیریں اس کی منتظر ہیں۔ اپنی مٹھیوں میں بھبھوت بولو۔ گپھا۔ گپھائیں۔ گپھائیں اور باقی سب کچھ ایک 'نا' کے پیٹ میں غرقاب۔ کبھرے کی آنکھ میں لگا ہوا کاجل پاگل ہے۔ وہ کیسے کیا بتائے کہ ہرے راما ہرے کرشنا ہے اور ہرے کرشنا ہرے راما ہے۔ اپنے سر پر لپٹی ہوئی گٹھری اس پاگل کے منہ پر دے مارو۔ مڑ کر دیکھو مت۔ بھاگتے جاؤ۔

گپھا ملے گی اور گپھا میں وہ بھی مل جائے گی

چار مینار کی بدبو سوئے ناک کی جانب ناک سفر کر رہی ہے۔ رک جاؤ، روکے اسے، نہیں روک سکتے تو پھر۔ تو پھر کچھ بھی نہیں۔ نا صرف 'نا' اور 'نا' کے سوا کچھ بھی نہیں۔ آٹھ پہروں والے برگشتہ کاکروچوں انصاف کا پلڑا اپنے سروں پر اوڑھ لو کہ اب چھت سے سنگ ریزے ٹپکیں گے۔ تم گھر سے نکلتے سمے رخت سفر باندھتے ہو۔ اور کچھ لوگ اپنی ان دیکھی مسافرت کو پیٹھ پر لاد کر سفر کو حیرت زدہ کر دیتے ہیں۔

تمہارے منہ کے لاوارث بگولے الٹی سمتوں کو روانہ ہوتے جا رہے ہیں۔ یہ حق تمہیں کس نے دیا کہ جاہل ہو کر تم جائز حکموں کو ہی اپنے کانوں سے گذار دو۔ کان میں انگلیاں ٹھونس دونگا۔ لفنگے۔ خدا حافظ۔

ترتیب کی بگھی گھر میں گھس آئی۔ المیہ! بک شلف کتابوں کی ترتیب۔ ایک ایک چیز باادب بالترتیب۔ بیوی۔ اس کی ترتیب۔ ناکاری سمجھ کا ماتم، کہاں خط کی جائے۔ اپنے ہونٹ اس کے ہونٹ پر پہرے کی مانند بٹھا دو وہ خود فٹ ہو جائیگی۔ اس کے آگے سنسر بورڈ کا گنجا سر گنجے سر پر فرسودہ اشتہار سے صرف بالغوں کے لئے۔ کون نابالغ ہے۔ میں تم، وہ کوئی نہیں۔ مراسی لونڈے نقل بال اگا

سکتے ہیں۔ گنجا سرے کر بھاگ جاؤ۔ تمہارے دن بھی گنجے آ رہے ہیں۔ کانے گاؤں کے اندھے بادشاہو اپنی قبریں اپنی گردنوں میں لٹکا لو۔ نہ جانے تمہیں کہاں موت آئے۔ تمہاری لاشوں کو قبریں کھود کر پیش نہیں کی جا سکتیں کہ ہمارے ہاتھوں کی جنبش اتنی سستی نہیں ہے۔ تم اپنے وجود کے محرکات کو نئی ترتیب دینے جا رہے ہو۔ تو جاؤ مگر تمہارے کاندھے کی تابوتیں کیا ہوئیں۔ کیا وہ صلیبیں ننگی ہو چکی ہیں جنہیں سر بازار چنوا دینے کی عظیم الشان سازش کی گئی تھی یا پھر وہ صلیبیں خوش کردار لاشوں سے ملبوس BEAUTY LONTEST کے منچ کی رقاصاؤں سے جا ملیں۔ کیا ہوا جواب تو دو۔ دفن کرائے تابوت اور صلیبوں کو۔ کیا یہ راز تم پر کھل گیا کہ تابوت اور صلیبیں لاشوں سے بھاری ہوا کرتی ہیں۔ کیوں کیا سوچ رہے ہو۔ سوچ کی دوش پر بیٹھا ہوا گھوڑا کبھی سرپٹ نہیں بھاگتا۔ دم ہلاتا ہے اور بو خارج کرتا ہے۔ چھوڑو تابوت اور اس کی میلی کہانی کو۔ مصلوب لاشیں خود اپنے پیروں سے چل کر اپنی قبروں میں جا دھنسیں گی۔

زیر زمین یہ کیا ہو رہا ہے۔ اخروٹ اور مونگ پھلی کے چھلکے چرمرا رہے ہیں۔ اخروٹ اور مونگ پھلی کے شکم خاردار سے شہنشاہیوں اور ان کے مصاحبوں کی لاشیں برآمد ہو رہی ہیں۔ إنا لله وإنا إليه راجعون۔ نیک و بد کے ملفوظین گنبدوں کے سائے۔ Death Certificate کی تلاش میں آنکھوں کے آنسو گندی گلیوں میں چھڑکتے پھر رہے ہیں۔ بھاگو بھاگو ہلاگاڑی۔ روئے زمین پر بسنے والو اپنے اوپر کے آخروٹی چھلکے کو ریزہ ریزہ کر لو۔ " اٹھ بھاگ کر ہلا آنا ہے" سامنے کے گونگے۔ سیاہ محراب تمہیں حیرت سے تک رہے ہیں۔ کیا تمہاری ہتھیلیوں کی کھجلیاں تمہاری جیبوں میں داخل ہو گئیں۔

وفاداری بشرط استواری اصل ایمان است۔

ابھی ابھی یہیں بھانی ترتیب کا پہلا حرف ت۔ ت۔ ترسول اس کی نوک پر وہ سب کچھ جو نہیں ہے اور جو کچھ نہیں ہے وہی سب کچھ ہے۔ اندھی مٹی اور گونگے شبدوں کا وردان لے کر کس بالک کی ہتیا کرو گے کہ بالک کے پاس بھی وہی کچھ ہے جو تمہارے پاس ہے۔

ر۔ راستے پر پڑا ہوا وہ نامراد شخص۔ خنجر زدہ، جو مر کر بھی خنجر کا احسان فراموش نہ کر سکا۔ اس کی فطری اور لازمی سزا یہ ہے کہ اس کی زبان کو ہونٹوں سے کھینچ کے چوراہے پر لٹکا دو۔ بلاؤلی

RENEOADE

ت ۔ تو لادو جو کچھ تمہارے سامنے ہے ۔ ہنس ہنس کر دو اس کونے کو جہاں گرد جمتی ہے ۔ جہاں گرد
جمتی ہے وہاں جھاڑو دینا عین عبادت ہے ۔ نیا صفحہ ۔

ی ۔ یہ وہ ملزم ہے جس کے لئے الزام تلاش کرتے کرتے صدیاں بیت گئیں ۔ یہ ملزموں الزاموں
سے بھری وادیاں ناپید ہو گئیں ۔ کہیں کوئی الزام نہیں ۔ بس دنیا میں بچا ہوا آخری الزام
اس کے سر منڈھ کر اسے سولی پر چڑھا دو ۔ ہاں ہاں جلدی کرو ۔ اس پر آدمی ہونے
کا الزام لادو ۔

ب ۔ بے بازو کا ۔ بموں کا بلاسٹ ۔ سب کچھ دھوئیں میں تحلیل ۔ نہ کوئی منظر ۔ نہ کوئی منظر ۔
ب سے بے بس ۔

پھر اپنی اپنی تختیاں اپنے تھیلوں میں ڈال لو کہ آج کا سبق یہیں ختم ہوتا ہے ۔

سبوتاژ

شدید گرمی ہے۔

تو ــــــــ

تو کیا ــــــــ؟

پنکھا خراب ہے

تو باہر چلیں

باہر جانے کے لئے نیچے جانا ہوگا، کئی منزلیں ہیں اور کئی سیڑھیاں ہیں۔ ٹکی ہوئیں۔ سب سے گذرنا ہوگا کہ سب سے گزر کر ہی اوپر آنا ہوا تھا۔

تو ــــ

تو کیا ــــ؟ سیڑھیاں سب خراب ہیں لکڑیاں چٹخ گئی ہیں۔ طرح طرح کی بولیاں برآمد ہوتی ہیں ان سے۔

? SO WHAT ــ ذرا سی ہمت (LOAD) کر لی جائے۔ کیا بات ہے کہ آدمی کمرے میں سب کچھ (UNLOAD) کر لیتا ہے۔

ہاں سیڑھی سے اترنا ہے تو اتر ہی لیا جائے۔

اور وہ جانے کے لئے جوتا چاہئے ننگے پیروں کو۔ جوتے سے پہلے موزہ اور موزے سے پہلے پیر کی دھلائی۔

چلیئے دھلائی تو ہو گئی۔ سوزہ بھی چپک گیا۔ خالص نائیلون کا۔ اور جوتا بھی چپٹنے کو پیروں سے لگ گیا اب!

شدید گرمی ہے۔

پنکھا بھی خراب ہے۔

تو چلا جائے اوپر سے نیچے کی جانب کہ اوپر سے اوپر کی جانب کچھ بھی نہیں جانا۔

کسی بیتی صدی کے کھونٹے سے ایک پاگل نے باندھ دیا تھا یہ نیم وحشی سچ کہ اوپر سے اوپر کی جانب یا پھر کوئی آنیوالی صدی یہ سچا جھوٹ لیکر آئے اور اعلانات کا خالی دامن بھر دے۔

بھر دے تو بھر دے۔

تو سیڑھیوں نے زمین پر اگل دیا۔ جو اگل دیا ہے تو آگے بڑھا جائے کہاں؟ جواب جو بھی ہو۔ آگے کی بات کوئی بھی نہیں کہہ سکتا۔ آگے پہنچ کر ہی جانا جا سکتا ہے کہ کہاں آنا تھا اور کہاں آ گئے۔ تو لپکا جائے اور پہونچا جائے جہاں پہنچنا ہے۔ خراب جوتے۔ جوتے کی کیلیں ایڑی اور تلوے چاٹ رہی ہیں۔ یہ کیلیں بڑی چٹوری ہوا کرتی ہیں جیسے (پائنٹن اپیل جوس) تو کیا بھی ہے۔ تلوے اور ایڑیاں چٹوائی جائیں نہیں کسی نعل بند کی توجہ طلب کی جائے۔ بھائی نعل بند! جوتے کی ایڑی کی ان کیلوں کو برطرف کر دو جنکی زبانوں نے لہو پرستی شعار کر رکھی ہے اور ہاں انکو یہ بھی معلوم نہ ہو کہ وہ اضافی تھیں اور ان کو ان کے گھر وندوں سے محروم کر دیا گیا۔ جو بھی سچ ان تک جھوٹ کیطرح پہنچاؤ گے یقین ہے وہ اہنیں من وعن مان لیں گے۔

ارے واہ! یہ سلاخیں کیوں؟ اس لئے کہ کیلوں نے سلاخوں کے لئے قبل از وقت سرنگیں کھود رکھی تھیں اور اب ضروری ہے کہ ان سرنگوں سے سلاخیں گزار دی جائیں۔ تو بھائی نعل بند سلاخوں کو واپس لے لو۔ اپنی کم فہمی نے یہ جاننے نہ دیا کہ تم گھوڑوں کے کام آنے والی چیز ہو۔ کیا؟ سلاخیں واپس نہیں لوگے کہ سرنگوں کی نشاندھی تم کر چکے ہو۔ ادھر ڈاکٹر نبض ٹٹولنے کا کچھ نہ کچھ لے ہی لیتا ہے۔ تو چھوڑ دیا جائے ــــ جوتا تمہارے لئے۔

ماں کے پیٹ سے جوتا پہن کر تو کوئی آیا نہیں ــــ تو اب ــ: بھاگ ہی جایا جائے۔

بھاگو ــــ! کدھر ــ؟

سڑک کا انتخاب کیا جائے کہ ہر سڑک پر کوئی نہ کوئی سیڑھی ضرور اترتی ہے ــــ وہ

سڑک نہیں کہ اس پر بڑا ٹرافک جام ہے اور ایک جیپ خراب ہے۔ جیپ جھنجھنا رہی ہے اس لئے کہ نرخرے کو صدمہ پہنچا ہے۔ کسی مشینی صدمے نے نرخروں کو مجروح کیا ہے کہ مجروح کیا ہی کہتے ہیں ان مشینی صدموں کی کسے پرواہ ہے۔ ہاں تو کسی شارٹ کٹ کی طرف روانہ ہونا چاہئے۔ یہ کیا کہ روانگی سے پہلے ہی روانہ ہو یا جا چکا ہے۔ اور جس سڑک کا انتخاب عمل میں آیا تھا وہ سڑک پاؤں کے نیچے نہ جانے کب سے چلی جارہی تھی۔ تو کیا اب جبکہ سب کچھ ہو ہی چکا ہے تو واپس لوٹنا یا الٹے پاؤں چلنا سرکس کے ان جوکروں کو دہرانا ہے جن کے پٹھوں پر سونٹے بجا بجا کر گھوڑوں کے ساتھ رنگ میں دوڑایا جاتا ہے۔ تو دوڑ کر بھاگ جایا جائے کہ سونٹے بہت سے سونٹے تعاقب میں ہیں۔

دوڑ بھاگ۔ یہ پیروں کی انگلیاں کہاں غائب ہوتی جارہی ہیں۔ اب تو مکمل پاؤں ہی غائب ہو گیا۔ خوب! یہ پگھلا ہوا تارکول ہضم کر رہا ہے سب کچھ۔ اب تو بالکل ہی رک جا یا گیا ہے کہ آگے پیچھے ہٹنا بھی ممکن نہیں۔ ارے وہ سامنے سے آتا ہوا ریشم رولر۔ شاید وہ رولر بھی وہیں خراب ہو جائے جہاں اسے جسموں کو روندنا ہے ہاں رولر بھی خراب ہو گا۔ بوائلر (BOiLER) پھٹ جائے گا اس کا دھماکا ہو گا۔ ہڈیاں تارکول پی لیں گی۔ خون بھاپ بن کر پائلٹ کے کیبن میں محصور ہو جائیں گے۔ گرم اندھکار سے قبل۔ کیا کچھ نہ ہو جائے۔ تو۔ تو کیا؟

حادثہ ہو ہی گیا۔

خراب ہوا۔

ہاں تو کیا لکھا ہے آگے سڑک کی اطلاعی تختی پر۔ نشان کیا ہے۔ میٹروپولیٹن ڈیولپمنٹ اتھورٹی نے۔" گھر سے نکلتے سمے درجۂ حرارت کے گھٹنے بڑھنے کی چارٹ ضرور دیکھ لیا کریں کہ سارا شہر تارکول سے بنایا گیا ہے۔

ترمیم

شمارہ

اوکٹوپس

اپنے تالاب کے کنارے کھڑا بے تحاشا سوچتا جا رہا ہوں۔ اور شہر سے نہ جانے کیا کیا پڑھ آیا ہوں۔ لیکن گاؤں میں جب کبھی اپنے تالاب کے کنارے کھڑا ہو کر سوچ کی پیٹھ پر کوڑے برسانے لگتا ہوں تو میری انتڑیوں میں گہرے قسم کی ٹیس اٹھنے لگتی ہے پھر مجھے لگتا ہے جو کچھ میں نے پڑھا ہے وہ نہ میرے اندر ہے اور نہ باہر۔ چاند گاڑی کی تہذیب کا میں کون سا اسکرو (SCREW) ہوں اس کا مجھے علم نہیں ہو پا رہا ہے میں کس طرح ناچوں کہ اپنی متعین جگہ پر پہنچ جاؤں۔ اس قسم کے سوالات میرے ذہن سے رینگ رینگ کر میری ایڑیوں میں پہنچتے رہتے ہیں اور پہنچ پہنچ کر ڈستے رہتے ہیں۔ میری ایڑیوں میں اگر اگر یہ سوالات یونہی پستے اور کچلتے نہ رہیں تو میں شاید EXPLODE کر جاؤں۔

میرا یہ تالاب جس کے کنارے کھڑا میں سوچ رہا ہوں بہت لمبی عمر رکھتا ہے اس تالاب کے دہانے پر نئے اور پرانے پھولوں سے لیس ایک لمبی چوڑی پھلواری ہے اور اس پھلواری کے سامنے میرے اجداد

جاکر مٹی کا ایک اور بوسیدہ تودہ کھڑا کر لو گے۔ یہ تودہ پہلے تودے سے بھی زیادہ نامہربان اور مغرور ہوگا۔ کیونکہ اب نہ اسے کسی تالاب کا خوف ہوگا نہ کسی سمندر کا۔ تم یہی کرتے آئے ہو اور یہی کرتے رہو گے۔ میرے اندر کا جسم تالاب پھیل کر کبھی کبھی میری آنکھوں میں سما جاتا ہے پھر میں اپنی آنکھیں موند کر اپنی خون آشام ناخنوں سے اس جسم کو بڑے چاؤ سے کریدنے لگتا ہوں مگر اس ہیولیٰ کی ہیئت میں کوئی تغیر واقع نہیں ہوتا۔

آنکھیں موند کر تلخ حقیقتوں کو کس طرح سوگوار کروں یہ سوچ کر اپنی آنکھیں کھول دیتا ہوں۔

اب میری نظر گاؤں کی واحد اور پتلی سی سڑک پر تیرنے لگتی ہے۔ وہ سڑک بھی اس چھوٹے موٹے گاؤں میں تالاب ہی کی طرح گنگا کی چھوٹی موٹی اوتار بن چکی ہے۔ کتے پن سے چور ایک پالتو کتا گردن تک پانی میں دھنسا ایک جنگلی چھچھوندر کا تعاقب کر رہا ہے۔ چھچھوندر چی چی کرتا پانی میں ڈبکیاں مارتا اپنی زندگی کو آواز دیتا بھاگتا جا رہا ہے۔ اس چھچھوندر کو مرنا ہی ہے کیونکہ اس پالتو کتے کے کتے پن کو زندہ رہنا ہے، وفاداری کے سولی کو نہ جانے کب اس کتے پن کی ضرورت پڑ جائے۔ کتے کی پلک بڑی تیز ہے۔ چھچھوندر آگے سڑک پر جاکے اپنی تیز رفتاری کو استعمال کر سکتا ہے مگر ڈر ہے اس کالے ناگ کا جو ڈھیٹ بن کر سامنے پڑا ہے۔ اگر سانپ سے بچ کر کسی طرح نکل بھی جائے تو پھر ان افراد کا کیا ہوگا جو اپنے گھٹنوں میں سر ڈالے شتر مرغ کی مانند رفع حاجت کے لئے بیٹھے ہیں۔ اس کالے ناگ کے قریب "چھچھوندر" کہاں جائے کیا کرے! میرے حلق میں کھدی سی اور بڑی بے ڈھب گڑگڑاہٹ آ کر پھنس گئی ہے۔ کہاں ہیں ـــ؟ کہاں ہیں سنہری حرفوں میں چمکتے ہوئے (SANI TATION) کے وہ تمام اصول ـــ؟ یہ گڑگڑاہٹ بھی بڑی اوٹ پٹانگ ہے کتنے ہی اصول شہروں اور شبدوں میں بندھے چھٹپٹا رہے ہیں اور خود میں بہتوں کی لاشوں پر کھڑا کسی نئی سانس کا منتظر یہ سب دیکھ رہا ہوں۔

میری نظر اب بہت زیادہ پھیل چکی ہے۔ جسم تالاب دھیمے دھیمے سکڑ رہا ہے میرا تالاب تا حد نظر پھیل چکا ہے۔ اب ایسا احساس ہو رہا ہے کہ اپنے تالاب کے ساتھ میں بھی پھیل چکا ہوں چند ہی لمحوں میں میرا یہ تالاب کئی جزیروں کا مالک بن بیٹھا ہے ان جزیروں کے بیچ کوئی بھی کشتی نہیں ہے اگر کشتی ہوتی تو میں خود ناخدا بن کر جزیروں کو ہم رشتہ کر دیتا کاش کوئی سایہ ہی پانی کی سطح پر دوڑ جائے۔ تلخ ہی کیوں نہ ہو آشا کی ایک گھونٹ تو ملے مگر کچھ بھی نہیں۔ تلاش گم کیلئے تلاش کا پتہ تو چلے کیا کروں ؟

کی نشانی اینٹ کا مکان کھڑا اپنی بوسیدہ بنیاد کی سڑی ہوئی بھاپ سے اپنا بدن تپا رہا ہے۔ میں نے کبھی اپنے اس عمارتی پہلو کی تاریخ جاننے کی کوشش نہیں کی۔ کون جانے اس کی بھولی بسری تاریخ میرے ہاتھوں میں کیا دے اور کیا مانگ بیٹھے۔ میں دے بھی سکوں یا نہیں۔ میرے ہاتھوں میں رچی نحیف توانائی میرا ساتھ دے، نہ دے کون جانے!۔

میں تالاب کے جس کنارے پر کھڑا ہوں اس کے مخالف کنارے پر ان گنت سال پرانا مٹی کا ایک تودہ پالتی مارے بیٹھا ہے۔ مٹی کا یہ مخدوش تودہ بڑا مغرور ہے یہ کبھی کسی کو منہ نہیں لگاتا ہم گاؤں والے اس کے پہلو میں بیٹھ کر اپنی پریشانیاں گوش گذار کرتے ہیں، کون سنتا ہے یہ کبھی کسی سے گفتگو نہیں کرتا مگر یہ کب خوش ہوتا ہے اور کب ناراض۔ اس کا علم گاؤں کے چند مخصوص کینوں کو ضرور ہو جاتا ہے "ٹنڈا مُنڈ" کا تجربہ وہ ٹوٹم (TOTEM) جیسے یہ ہمارا گاؤں کا مغرور تودہ ہی ہو یہ کینے اس کے قبیلے کے ہوں۔

ہمارے گاؤں میں جب کوئی بڑا حادثہ یا سانحہ ہوتا ہے تو ہم جان لیتے ہیں کہ مٹی کا یہ تودہ ہم سے بیحد خفا ہے اور گاؤں گاؤں میں جب شہنائی نوازوں کے قدم پڑتے ہیں تو اس بات پر کسی کو شک نہیں ہوتا کہ مٹی کا تودہ ہم پہ بے حد مہربان ہیں۔

اب مرا تالاب مٹی کے اس مغرور تودے کی بوٹیاں نوچ لینا چاہتا ہے اسے کاٹ کاٹ کر نگل جانے پر تلا ہے لیکن ہم سب اپنے اس مغرور بے حس اور بے جان مہربان کا تبدیل ہو جانا یا گم ہونا پسند نہیں کرتے۔ ہم نے اسے تالاب کی کاٹ سے بچانے کیلئے چاروں طرف سے اینٹ اور سمنٹ کے پختہ حصار کھینچ دیئے ہیں؟ اور ان حصاروں کی سنگلاخ برہنگی کو عقیدت کے پلاسٹروں تلے دبا دیا ہے۔

اب میں یہ دیکھ رہا ہوں میرا یہ تالاب بہت بپھرا ہوا ہے۔ اس کا بپھرنا واجب ہے ہماری گنڈک، ہماری گنگا، بپھری ہوئی ہیں ہمارا یہ تالاب کیوں نہ بپھرے، ہماری یہ جوان میکانکی نہریں گنگا اور گنڈک کے بڑھاپے کو سنبھال نہ سکیں۔ میرے تالاب کی پرجوش موجیں ان حصاروں میں شگاف ڈالنے پر تلی ہیں۔ میں چاہتا ہوں ان حصاروں میں وسیع شگاف لگے اور میرے تالاب کی موجیں اس مٹی کے بوسیدہ اور مغرور تودے کو دھو کر بہا کر دیں۔ لیکن شاید ان موجوں کو انتظار ہے گنگا کی بھاگتی ہوئی برتی لہروں کا وہ لہریں آئیں گی اور ان حصاروں کو توڑ پھوڑ کر رکھ دینگی۔ میں نہیں مانتا گنگا کی لہریں آئیں یا نہ آئیں اپنے اندر کے جسم تشکیک کا کیا کروں۔ غیر قطعیت نے میرے اندر جسم تشکیک کا بھوتا ہوا ہیولا ڈال دیا ہے اور اس کا کیا کروں؟ یہ کہتا ہے تمہارا تالاب اس تودے کو کھا لیگا۔ تم ہمالیہ کی چوٹیوں پہ

ہاں اتنا کر سکتا ہوں اپنی سوچوں کو ہی تھپک کر ہلکی نیند سلا دوں ۔

نیم خوابی کے عالم میں میں اپنی گردن کو اوپر کی طرف اس طرح اٹھاتا ہوں جیسے میرا جسم جسم نہ ہو ہائڈرو الیکٹریکل آپریٹر ہو ۔ اور پش بٹن کے دبنے سے میری گردن اوپر اٹھتی چلی گئی ہو میری بے بس آنکھوں نے اب آسمان میں گڑے دیوتاؤں کو ڈھونڈنا شروع کر دیا ہے ۔ ان آنکھوں کو ایک "اڑن کھٹولہ" نظر آیا ہے ۔ اڑن کھٹولے پر اندر لوک کی ایک "اپسرا" جیز کا کٹ پر سمندر پھیلے تباہ شدہ جزیرہ کو اپنے برش کی نوک اٹھا اٹھا کر رکھ رہی ہے ۔ شاید اندر لوک میں کریہہ اور ہولناک مناظر کا ایک ایگزبیشن منعقد ہو رہا ہے ۔ کاش وہ اپسرا اڑن کھٹولہ لے کر نیچے آتی مجھے اسکیچ کرتی مجھ جیسا کریہہ المنظر یا کھنڈری اسے سرِ فہرست کر دیتا پھر وہ اندر کو سر کیلئے اپنے موہ جال میں تیرتا پاتی لیکن وہ اڑن کھٹولہ نیچے آئے کیوں؟ میں تو نشیب کا رہنے والا ہوں ۔ اوپر کے لوگ تو اوپر ہی اوپر ——— بہت اوپر چلے جاتے ہیں ۔

اچانک میں بہت ہلکا ہو گیا ہوں ۔ میرا یہ ہلکا پن مجھ سے یہ کہہ رہا ہے میں اپنے اسی تالاب کے ہاتھوں شہید ہو جاؤں ۔ کیا پتہ میرا یہ تالاب پھر بپھرے نہ بپھرے اتنا ابلے نہ ابلے لیکن میں چاہتا ہوں مجھ سے پہلے وہ مغرور تو وہ ہی نگل جائے ۔ ختم ہو جائے لیکن میں جو چاہتا ہوں وہی ہو یہ کوئی ضروری تو نہیں ۔ اپنے ہلکے پن کی بات مان لوں ۔ شہید ہونے کا کون طریقہ اپناؤں ۔ کاش اپنے اس قدیم تالاب میں سمندری "اوکٹوپس" کی پکڑ ——— بھینچ بھینچ کر بٹے دلاسے زندگی سے دور کر دیتا ہے ۔

میں جیسے اوکٹوپس کی پکڑ کے لمسوں میں کھو گیا ہوں لیکن میرا یہ کھونا کہیں پانا ہی نہ ہو ، ایسا کھونا تو بے سود ہی ہے میں مر تو نہیں سکتا ۔ اس کھوتے ہوئے جگ میں پانی کا ایک قطرہ بھی بے سود نہیں ——— ہر قطرہ اپنے اندر پھنے پھاڑنے کی صلاحیت رکھتا ہے ۔ پانی کے قطروں نے اچانک سانپوں کے ایک قافلہ کو جنم دیا ہے ۔ اب میں دیکھ رہا ہوں سانپوں کا ایک قافلہ تالاب کے پوربی کونے سے تیرتا چلا آ رہا ہے ۔ میں نے تالاب میں چھلانگ لگا دی ہے ۔ اب میں تیرتا ہوا قافلے کے بہت قریب پہنچ گیا ہوں ۔ یک لخت جیسے میرے جسم میں فرسٹ سالٹ والی سنسنی چڑھ گئی ہو ۔ میں پھیپھڑوں کی جکڑن سے مرنا نہیں چاہتا ۔ تکلیف کا احساس مجھے پلٹ جانے پر مجبور کر رہا ہے ۔ میں پلٹ جاتا ہوں سانپ میرا پیچھا کر رہے ہیں ۔ آوازیں دے رہے ہیں ہم سے مت بھاگو ہمارے زہروں کو جسم میں داخل ہونے دو ہماری تھیلیوں میں زہر ہے اس کا احساس کرتے رہو تمہیں سکون بخشے گا ۔ پھیپھڑے کی جکڑن کا

انتخاب کرلو ذہن کی جکڑن تمہارے وجود کی گرہ گرہ کو توڑ مروڑ کر رکھ دے گی۔ لیکن میں بھاگتا ہی جارہا ہوں پچھم کی طرف تالاب کے پچھمی کونے سے مچھلیوں کا جسم رکھنے والے آبی کیڑوں کا غول میری طرف بڑھنے لگا ہے میں انہیں پہچان نہیں پا رہا ہوں۔ میں اپنی رفتار کو اتر کی طرف موڑ دیتا ہوں۔ یہ کیڑے مجھے بڑی تیزی سے آواز دینے لگے ہیں۔ ہم آبی جونک ہیں ہم سے مت بھاگو۔ ہم زہر کی تھیلی نہیں رکھتے۔ ہم تمہاری خواہش کے عین مطابق ہیں۔ ہم ترمیم شدہ "اوکٹوپس" ہیں۔ ہم تمہارے انگ انگ سے چپک جائیں گے۔ تمہیں خبر تک نہ ہوگی۔ تم آہستہ آہستہ طبعی "اینیمیا" کے شکار ہوکر اپنی آنکھیں موند لوگے جیسے سو رہے ہو۔ بڑی لذت آمیز ہوگی تمہاری موت!۔

اب میری رفتار ٹوٹ چکی ہے جونک کے قافلے میرے جسم سے چپک گئے ہیں۔ تھوڑی ہی دیر میں میں چپک جاؤں گا۔ زرد پڑ جاؤں گا۔ آنکھیں موند لوں گا۔ میری لاش میرے تالاب کے پیٹ میں دھنس جائے گی اور مقدس کتابوں میں منتظر کلہاڑے شہادت میری لاش کے تعاقب میں سطحِ آب پر منڈلاتے پھریں گے۔ خداؤں کی مانگوں پر خونی نہر میں ڈالیں گے نہ جانے کب تک یہ ہوتا رہے گا شاید انگنت صدیوں تک اور میری لاش اندر ہی اندر انگنت صدیوں پر مسلط ہو چکی ہوگی۔ اور وہ مغرور تودہ ۔۔۔ وہ تو سرکٹے کائیوں کی بے وزن ہو جائے گا۔

اور پھر ایک دن بیتی ہوئی صدیوں کی خوشبو کے ساتھ میرا (पाबन) جسم ہوگا اور پوتر (पावन) جسم کی بازگشت فضا میں پھرتی چلی جائے گی۔۔۔

قاف

قاف ہی شروع

قاف ہی ختم ـــــ قاف ہی قاتل ـــ قاف ہی قتل ـ

قاف ہی قصہ ـ

قصہ یوں ہے ......

کہ

جب وہ بوڑھا پاٹ کی ڈوریوں سے بنے گھٹنے کی مستطیل نما پھانسوں میں اپنی انگلیاں گھماتا گھماتا تھک گیا تو اسے اپنے پاؤں کی انگلیوں کی سوجن کا خیال آیا۔ کبھی وہ خود موٹا تھا مگر اس کے پاؤں کی انگلیاں بے حد چکنی اور متناسب تھیں۔ انگلیاں اداس تھیں کیونکہ تلوے سے لیکر کولہوں کی ہڈیوں تک جتنا کچھ تھا سب پلاسٹروں میں بند تھا۔ بوڑھا سوچ رہا تھا کہ سوجی ہوئی انگلیاں کتنی بھدی ہوا کرتی ہیں آخر انہیں چور ہونے سے کس نے روک لیا۔ جہاں اتنا کچھ ہو گیا تھا وہاں یہ ادنی سی بات بھی کیوں نہ ہو گئی۔ اپنے اثرات میں اتنا تخصیص برتنے والے حادثے ہوتے ہی کیوں ہیں حادثے شاید اسی لئے ہوتے ہیں کہ ہم سب زمین کی کھال پر بہت تیزی سے گھوم رہے ہیں اور جو جتنی تیزی سے گھومتا ہے اتنی ہی تیزی سے ٹوٹتا بھی ہے۔ انگلیوں کو ان کی بے عملی نے بچایا شاید ـــ

کل بوڑھے کا پلاسٹر اترنے والا تھا۔ ایک سال سے اس کے پیروں کی حرکتوں پر پلا رڑا

کا سنگین پہرہ تھا لیکن پلاسٹر سے آخری دن کی بیزاری اسے حیرت زدہ کر رہی تھی۔ حیرت اس لئے کہ ۳۶۵ دن کوٹھری کی چھت کی کڑیوں کھٹنے کی حبت لگاتی بناوٹ اور پلاسٹر کی اجلی دیواروں سے گہری رفاقت نے تثلیث کے تین کونوں پر کچھ اس طرح کھڑا کر دیا تھا کہ اسے محسوس بھی نہ ہوا کہ اس کی ٹانگ حادثے کا شکار ہوئی تھی۔ اور وہ سال بھر کے لئے کھٹے پر لٹا دیا گیا تھا۔ وہ آنے والے کل کا بڑی بے صبری سے انتظار کر رہا تھا۔ سال بھر بعد کل وہ اس کوٹھری سے باہر دروازے پر جائیگا۔ پرسوں کمپاؤنڈ کے مین گیٹ تک جائے گا۔ پھر پہیوں اور پیروں سے روندی جانیوالی سڑک اپنی انگلیوں سے چھوئے گا۔ پرسوں بیساکھی کے سہارے سڑک پر پاؤں ٹکانے کی پوری کوشش کرے گا۔ اور نرسوں پاؤمیل سڑک تو ضرور ہی ٹہلے گا۔ بہت دنوں تک وہ شکستہ پیروں کو پاؤمیل کی دوری میں محدود رکھے گا۔ آہستہ آہستہ بیساکھی پھینک دے گا اور پیروں کا کھویا ہوا اعتماد جلد ہی بحال ہو جائے گا۔ اس کے بعد سب کچھ درست ہو جانا کوئی نامناسب واقعہ نہ ہو گا۔

گمان کی سرحد ختم ہو چکی تھی وہ کمپاؤنڈ کے مین گیٹ پر کھڑا بڑی تیزی سے سڑک پر اپنی آنکھوں سے چل رہا تھا۔ اسے سخت اعتراض تھا قدرت کی طرف سے اس طرح اپنے معطل کئے جانے پر۔ بہر کیف گھر کر یا ہر سب کچھ وہی تھا۔

وہی عمارتیں، وہی سڑکیں وہی لیمپ مگر ـــ ؟

مگر ـــ نہ جانے کئی کروڑ "مگر" اس کے سامنے استفامیہ بنے استادہ تھے۔

سب کچھ وہی ـــ

سب کچھ وہی ـــ

مگر

ـــــ

ایک، تین، چار، ـــ چار سے زیادہ کچھ بھی نظر نہیں آتا۔ چار میں چار اور کچھ بھی نہیں۔ ایک ساتھ پانچ کہیں بھی نہیں۔ شاید اس کے محلے کے سڑکوں پر ایسی تبدیلی آئی ہو۔ ممکن ہے اس طرح کی انہونی صرف آج ہی کے لئے ہو کل وہ دوسرے محلے کی سڑکوں پر بھی جا کر دیکھے گا۔ مگر آج تو وہ محض پاؤمیل کا ہی مسافر ہے۔ اسے جو کچھ دیکھنا ہے اپنی پاؤمیل میں دیکھنا ہے۔ خیر آج بھی وہ آرام کرے گا۔ بہت دنوں کے بعد باہر نکلے گا ـــ شاید اسی لئے ایسا لگ

رہا ہے۔ آج رات وہ اپنی آنکھوں کو ٹھنڈے پانی سے اچھی طرح دھوئے گا۔ شکستہ پیروں کی مالش کرے گا تاکہ پیر اور آنکھوں کی چال میں نمایاں فرق نہ ہو۔

وہی سڑک، وہی عمارتیں، وہی سب کچھ مگر ___

آج بھی ایک تین چار اور چار سے زیادہ کچھ بھی نہیں۔ کیا ہے یہ سب کچھ ۳، ۴-۴۔ اور چار کے سوا کچھ بھی نہیں۔ وہ اس محلے سے باہر کیسے جائے؟ کہ پاؤمیل سڑک سے اسکے قدموں کا رشتہ اسی کے دو سرے رشتوں کے درمیان دیوار بنا بیٹھا ہے۔

"او بھائی ٹم ٹم والے ذرا رکنا"

"کیا ہے بابا؟"

"کچھ بھی نہیں، بس میری ایک الجھن دور کر دو۔ ذرا بتانا۔ پہلے تم درجن بھر سواریاں لاد لیا کرتے تھے مگر اب ٹم ٹم چلاتے جا رہے ہو۔ کل سے آج تک پانچ آدمی نہیں دیکھ سکا ہوں۔ ایسا کرو تم ٹم ٹم پر چار آدمی ہو، اگر کچھ دیر کے لئے ٹم ٹم پر مجھے بٹھا لو تو میری ایک ساتھ پانچ آدمی دیکھنے کی خواہش پوری ہو جائے گی۔ ویسے بھی تمہارے ٹم ٹم کی مجھے ضرورت ہے کہ میں پاؤمیل سے زیادہ چل نہیں سکتا۔"

"نہیں باوا! جتنی پیسہ کمانا نہیں ہے۔ تین سواریاں ہی کافی ہیں۔ گھوڑا ابھی دبلا ہو چکا ہے۔ اسکے علاوہ "وہ" کہیں نہ کہیں کھڑا ہو گا۔ ایک ساتھ پانچ دیکھ کر وہ مجھ پر بہت ناراض ہو گا۔ ممکن ہے پھر میرے اور گھوڑے کی کھال بھی غائب ہو جائے۔"

"تم بہت ڈرپوک ہو ٹم ٹم والے۔ یہاں میرے علاوہ کوئی نہیں۔ سڑک پر میرے اور تمہارے ٹم ٹم کے علاوہ کوئی نہیں۔"

"باوا تم بہت بھولے ہو کل کا بچہ بھی جانتا ہے کہ وہ بہت وشال ہے۔ ہر جگہ موجود ہے۔ سب کچھ اس کی نظروں کے سامنے ہے کچھ بھی اس سے اوجھل نہیں ہے۔"

"تمہاری مرضی، ایسا کرو تم ہی چاروں ٹم ٹم سے اتر کر سڑک پر چلے آؤ۔ دو گھڑی کے لئے ہم پانچوں اس سڑک پر ٹہل لیں۔"

"باوا۔ ہمارے پسنجر خراب مت کرو۔ ہم چلتے ہیں۔"

"چل گیا ٹم ٹم والا۔ یہ ٹم ٹم والے کا "وہ" کون ہے؟ ارے ہاں خدا کا خوف، ٹم ٹم

والوں کو بہت ہوتا ہے جسے نہیں ہوتا ہے اس کی ٹانگیں ٹوٹ جاتی ہیں۔"

"یہ کیا حماقت ہے"

"معاف کیجیئے گا بھائی صاحب ایک ذرا ٹکرا گیا۔ دراصل میری ٹانگ اس کی وجہ ہے۔"

"کوئی بات نہیں"

"بھائی صاحب ایک بات پوچھوں آپ سے؟"

"فرمایئے"

"آپ کے دوسرے بچے کہاں ہیں؟"

"جی؟"

"ہاں۔ ہاں۔ میں آپ کے دوسرے بچوں کے بارے میں پوچھ رہا ہوں۔"

"باوا! آپ گن کر دیکھ لیں ہم Already چار ہیں۔ دوسرے بچوں کی باری کل آئے گی۔"

"مطلب"

"باوا۔ آپ کس دنیا میں رہتے ہیں۔ اتنا بھی نہیں معلوم۔"

"نہیں میں کچھ نہیں جانتا۔ اور اب تو یہ بھی خبر نہیں کہ میں کسی دنیا میں رہ بھی رہا ہوں یا نہیں؟"

"آپ کو معلوم نہیں کہ ہماری حرکتوں کا کوٹہ مقرر کر دیا گیا ہے۔
ہماری ہر حرکت پر وہ کڑی نظر رکھتا ہے۔"

"یہ وہ کون ہے"

"ہا۔ ہا۔ ہا۔ ہا" چاروں قہقہہ لگا کر ہنس پڑے۔"

"عجیب بات ہے اس بوڑھے کی بات کا جواب قہقہوں سے دے رہے ہیں۔ آپ سب۔"

"بیٹے باوا کو یہ بتلادو کہ یہ "وہ" کون ہے؟"

وہ بڑا خطرناک ہے۔ ہمیں چار سے پانچ نہیں ہونے دیتا۔ اگر ہم یہاں چار سے پانچ ہوئے تو وہ ہمیں فوراً ہلاک کر دے گا۔

"لیکن یہاں میرے اور تمہارے سوا کوئی نہیں ہے۔"

"شاید تمہیں کچھ نہیں دیکھ رہا ہے۔ میں سب کچھ دیکھ رہا ہوں۔" وہ "بے شمار پیارے

ہیں، بے شمار ہاتھی گھوڑے اور کشتیاں ہیں۔ سب کے سب میرا ذہن پانی پر اپنے انکش گڑائے ہماری پیٹھ ہلا تے رہتے ہیں۔"

"نہ جانے اس محلے کے لوگوں کو کیا ہو گیا ہے۔ میں دیکھ رہا ہوں کچھ بھی نہیں کسی کی پیٹھ پر تم لوگ خواہ مخواہ ــــ"

"ڈیڈی۔ آؤ ہم لوگ دوکان میں گھس جائیں۔ اس بوڑھے کی وجہ سے ہماری جان خطرے میں ہے۔"

"ذرا رکو میری بات سنو۔ میں دوسرے محلے میں جا کر اس بات کی تصدیق کر لیتا مگر افسوس کہ میں پاؤ میل سے زیادہ چلنے کے قابل نہیں۔"

پاؤ میل کے دائرے میں ہی وہ ایک نہ ایک دن ایک ساتھ پانچ دیکھ لے گا۔ وہ ایک بار بھر گمان کی حد پر پکھڑ اتھا۔ سال ہی بھر کی بات ہے صبح و شام چائے کی ٹرالی والے کے آگے پیچھے ایک بھیڑ دوڑا کرتی تھی تانگوں پر اور لونڈ نگ کے ہزاروں حادثے ہوا کرتے تھے۔ میدانوں کی اجتماع کو کنٹرول کرنے کے لئے ہزاروں والنیٹرس تعینات کئے جاتے تھے۔ اسٹیمر سواریوں سے لد کر ہمیشہ غرقاب ہونے سے بال بال بچا کرتی تھی۔ وہ بھیڑ نہ جانے کس ڈیین سے بہہ کر کہاں چلی گئی۔ یہ کیا ڈرینج ہے۔ کل وہ ایک ساتھ پانچ کا تسکرن کرے گا۔ آدمی سے تو نہیں پرندوں سے کل وہ کسی طرح چل کر اپنے باغیچہ میں جائے گا۔ وہاں امرود کے ایک درجن درخت تھے۔ اور ان پر چڑیوں کے کئی درجن گھونسلے تھے۔ اس نے کبھی انہیں اجاڑنے کی کوشش نہیں کی تھی۔ یہ چہکنے والی مخلوق اسے بے حد عزیز تھی اس نے کبھی اپنے نشانے ان پر درست نہیں کئے ــــ فائر گن کا استعمال وہ ہواؤں میں ہی کیا کرتا تھا خطرناک درندوں کے لئے اس کے پاس البتہ الگ فائر گن ضرور تھا۔

آنگن سے گذر کر بڑی مشکلوں سے وہ پچھلے دروازے تک گیا اور اس سے نکل کر باغیچے میں داخل ہوا۔ پیڑ سب کے سب کٹ چکے تھے۔ کٹ کر شاید بک چکے تھے یعنی اس کے پیسے پر کبھی درخت خرچ ہو چکے تھے۔ سوا ان چار درختوں کے جو کسی وجہ سے نہ بک سکے تھے۔ درخت فروخت ہو چکے تھے اس کا اسے غم نہ تھا درختوں نے بک کر اس کی ٹانگ بچائی تھی اسے قدرت کے اس انتظام کا غم تھا۔ کیا پانچ درخت ایک ساتھ نہیں بک سکتے تھے یا پھر سب کے سب ناپید نہیں ہو گئے تھے۔

چار کا یہ کیا سلسلہ ہے۔ چاروں درختوں پر گھونسلے بھی چار تھے۔ عجیب اتفاق تھا شگون نہ کر سکا وہ کہیں آج کا دن بھی خالی نہ جائے۔ آج باغ میں وہ پرندہ بھی نظر نہ آیا جو راکھ کے ڈھیر سے جنم لیتا تھا۔ کہاں اڑ گیا وہ پرندہ ـــ پتہ نہیں اڑ گیا کہ پھانسنے والی کمپیوں کا شکار ہوا۔ یہ سب کچھ سوچتا بوڑھا سڑک پر واپس آگیا۔

دن شروع ہو چکا تھا۔ پانچ ایک ساتھ دور دور تک ایسا کہیں کبھی نہ تھا۔ بس ایک تین چار یا چار تین ایک ساتھ چلنے والوں کی یہی نفری تھی۔ بوڑھاپے حد مضمحل تھا۔ کولہوں کی ہڈی میں کچھ درد بھی محسوس کرنے لگا تھا۔ اسے پلاسٹروں سے گھرا ہوا پاؤں سوجی ہوئی انگلیاں چھت کی کڑیاں اور گھٹنے کی بے فریب بناوٹ یاد آنے لگی اس نے ان سے مکتی حاصل نہیں کی تھی سب کچھ کھو دیا تھا اس نے سکھ کے انتظار میں۔ کتنا سکھی تھا وہ جیون کی مٹھی ایک ذرا ڈھیلی ہو تو کیا کیا سرک کے نکل جاتا ہے ہاتھوں سے ـــ بوڑھے کو لگا اندر ہی اندر وہ لہولہان ہو گیا ہے لہو کے بہاؤ کے لئے راستہ چاہئے۔ کدھر سے وہ راستہ؟ اس کے جسم نے ہی شاید سارے راستے کو ڈھک رکھا ہے۔ پانچ ایک ساتھ کی تلاش اسے کچھ احمقانہ سا عمل لگا۔ بوڑھا یہ سب سوچ ہی رہا تھا کہ.........

" رام نام ست ہے۔ رام نام ست ہے۔" ایک ارتھی گذر رہی تھی ـــ

" او بھیا ارتھی والے ذرا رکنا۔"

" بابا ابھی نہ روکو۔ لاش کو جلد ہی پھونک دینا ہے۔ دیر ہو گئی تو ارتھی سڑ جائے گی ـــ"

" میں تمہیں روک کر تمہارا وقت نہیں ضائع کرنا چاہتا۔ میری الجھن میری حیرت بن گئی ہے۔ میں اس سے نجات پانا چاہتا ہوں۔ میں اس لئے اتنی حیرت اور الجھن میں ہوں کہ پہلی بار اپنی زندگی میں ایک ارتھی کو تین کندھوں پہ جاتا دیکھ رہا ہوں۔ جنازے کے لئے کم از کم چار کندھے چاہئیں۔ تم لوگوں کو اتنا بھی نہیں معلوم۔"

" پہلی بار۔ بابا اس دھرتی پر یہ لوگ پہلی بار کچھ نہیں کرتے۔ ہم وہی کہتے ہیں جو ہوتا آتا ہے۔ تم بہت لاغر اور بیمار جان پڑتے ہو بابا ہماری مانو تو گھر جا کر آرام کرو۔"

" پتہ نہیں اچانک تم لوگ اتنے نئے کیسے بن گئے۔ میں تو کل ہی کی بات کر رہا ہوں۔"

" یہ کل کیا چیز ہوتی ہے۔ ہم نے تو آج اور ابھی کے سوا کچھ دیکھا ہی نہیں۔"

" خیر مجھے آج اور کل کی بحث نہیں کرنی۔ میں اپنے سنسکار ایسے ترک کر دوں۔ میں جنازے میں ایک کاندھے کی کمی برداشت نہیں کر سکتا۔ میں کیا وہ اوپر والا بھی برداشت نہیں کر سکتا۔ بس اتنی رعایت کر دو کہ مجھے بھی پاؤ میل تک کے لئے کاندھا لگا لینے دو تاکہ ہم سب اپنے سنسکار بچا سکیں۔

" بہت خوب بابا۔ بوڑھے ہو کر ہماری جانیں لینا چاہتے ہو۔ دیکھتے نہیں ہم لوگ پہلے سے ہی چار ایک ساتھ ہیں۔ ہم تم سے رعایت کریں اور " وہ " ہمیں نہیں دفن کر دے"

" مگر ایک لاش کو اپنی تعداد میں شامل کرنا کہاں کی عقل مندی ہے۔"

" بوڑھے ہو کر نئی نئی باتیں کرتے ہو بابا۔" وہ بڑا Blunt ہے۔ تعداد پر ہی اس کی نظر ہوتی ہے اسے اس بات کی قطعی پرواہ نہیں کہ نفری میں ایک مردہ بھی شامل ہے۔"

" میری خواہش پوری ہونے دو۔ میں بھی ایک ساتھ پانچ دیکھنا چاہتا ہوں۔ ایک لاش ہی سہی۔ کندھا لگا لینے دو مجھے۔"

" نہیں بابا۔ ہمیں گزر جانے دو۔ ہمیں اپنی جانیں بے حد عزیز ہیں کہ ہم اسی کے لئے جیتے ہیں۔" رام نام ست ہے۔ رام نام ست ہے۔"

ہاں یہ لوگ وہی کرتے ہیں جو ہوتا رہتا ہے۔ ان کے لئے سب ستیہ ہے۔ رام نام بھی اور " وہ " بھی۔ بوڑھے کے لئے بچہ گیا تھا گمان کا وہ اتھاہ سمندر جس کے کس چھور پر بھی " وہ " کا تصور نہ ابھر سکا۔ یہ " وہ " کب تھا اور کب نہیں۔ وہ کس طرح بدگمان ہونے پر رضامند نہ تھا گرچہ گمان کا سمندر گہرا بھی تھا اور وسیع بھی۔

" کون دوڑا جا رہا ہے۔ جوگی مہاراج۔ مت دوڑو جوگی مہاراج۔ ورنہ تمہاری ٹانگ بھی میری طرح توڑ دی جائے گی۔ رک جاؤ جوگی مہاراج۔"

" ہمیں کیوں روک دیا گیا۔ ہم بہت جلدی میں تھے۔"

" جوگی مہاراج۔ ہم یہ پوچھنا چاہتے تھے کہ آپ دوڑ کیوں لگا رہے ہیں؟"

" تم نے وہ دور جاتی ہوئی ارتھی نہیں دیکھی۔ ہمیں کندھا لگانا ہے۔"

" مگر وہ تو پہلے سے ہی چار ہیں۔۔۔۔۔۔"

"یہ ٹھیک مگر کئی پل کے لئے وہ پانچ ایک ساتھ ہو گئے تھے اور اس جرم میں ان میں سے ایک کی مرتیو ہو جائے گی۔ نہیں جانے دوبارہ کندھا دینا ہے"

"مگر میں اس کا گواہ ہوں کہ وہ لوگ محض چار تھے تین اور ایک"

"کون سمجھائے کہ اس کی موت کا کارن تمہیں ہو۔ کیا تم نے ارتھی سے اپنا کندھا چھوا نہیں دیا تھا؟"

"یہ کون سا وقت آ گیا ہے جوگی مہاراج کہ پانچ ایک ساتھ نہیں ہو سکتے۔"

"یہ وقت کی بات ہے بابا۔ نہ جانے کب کون کس پلڑے میں ڈال دیا جائے۔"

"جوگی مہاراج اُپکار کرو مجھ پر۔ تم یہیں رک جاؤ۔ میں جا کر کندھا لگا دیتا ہوں۔"

"نہیں نہیں ایسا نہیں ہو سکتا۔ پل میں ٹوٹ جانے والے ضابطے پر میں یقین نہیں رکھتا"

جوگی مہاراج، اگر کندھا دینے کی اجازت نہیں دے سکتے تو شراب ہی دیدو۔"

"میرے اختیار میں نہیں۔ اب "وہ" ہی سب کچھ کرتا ہے۔ ہاں میں اتنا کہہ سکتا ہوں کہ تم اپنی باری کا انتظار کرو۔"

"رام نام ست ہے۔"

"رام نام ست ہے۔"

"......... ست ہے"

"......... ست ہے"

بوڑھے کی ٹانگ اچانک اتنی کمزور ہو گئی کہ بیساکھی بھی اسے سنبھال نہیں سکی اور پاؤ میل کی مسافت نے منٹوں میں اپنی آنکھیں موند لیں اور اب

قاف ہی ختم

قاف ہی شروع

قصہ یہ ہے

کہ

وہ بوڑھا یقیناً "جہنمی" تھا۔

وِش پان کی کتھا

کسی نے میری ہتیلی مجھ سے چھین لی

مگر وہ احساس نہ چھین سکا جو میری ہتیلی سے وابستہ تھا۔ اور ایسا بہت کم ہی ہوتا ہے کہ کسی کا سب کچھ چھین جائے کچھ د کچھ تو بچ ہی جاتا ہے۔ ہتیلی چھن جانے کے بعد بھی احساس باقی تھا کیوں کہ جوں ہی اس نے ماچس کی تیلی جلائی اور میرے ہاتھ پر اگی ریکھاؤں کو اس کی لو پر سینکنے کی کوشش کی کرچیاں نس نس میں پیوست ہونے لگیں۔ اور پھر

—— "میں سپت لیتا ہوں کہ ......"

ایک سوکھا پتا آکر میرے ہونٹوں سے چپک گیا۔ ہونٹوں پر کسی شے کا جم جانا کوئی خاص بات نہیں۔ اکثر ہونٹوں پر برف سی جمی رہتی ہے۔ پگھلے موم سے ہونٹوں کا ٹھہراؤ بھی لذیذ لمسوں کا رقیب نہ بن سکا۔ مگر ——

مگر یہ سوکھا پتہ —— جو کچھ میں بولنا چاہتا تھا وہ سب باہر کی بجائے اندر کی طرف اترنے لگے۔

ایک بار پھر کوشش کی ——

"میں آج قسم کھاتا ہوں" مگر سب کچھ بھیتر ہی بھیتر بکھرنے لگا۔

میں کیا کروں ـــــ ہونٹوں سے آگے میل سے میلوں تک صدی سے صدیوں تک ایک اٹوٹ خاموشی خاموشی! بس خاموشی! یہ سوکھا پتہ کہاں سے آکر جم گیا۔ FREEZE یہ موسم تو کب کا اڑ چکا تھا۔ پھر یہ سوکھا پتہ! کہاں سے اٹھایا جائے۔ سوالوں کا طوفان۔ کہاں سے؟ شعور سے، لاشعور سے، اندرون جسم سے۔ کہ باہر میل سے میلوں تک۔ صدی سے صدیوں تک ـــــ .... کیا ہے یہ سوکھا پتہ؟ تربوز کی ٹھنڈ، برف، انگارہ۔ قہوے کی حدت، کافی کی تلخی۔ کافی ہاؤس کی وہ بات۔

میں نے اپنے ہونٹوں سے سوکھے پتوں کو اتارنے کی کوشش کی۔ ہونٹوں سے آگے ایک طویل، اداس اور خموش نظم اور اندر ایک عجیب سی بدنظمی کا اٹھان! سب سے پہلے میں نے بہت سی سانسوں کو جمع کیا۔ ایک طوفانی بادگولہ بنایا اور اسے ہونٹوں کی جانب شدید دباؤ کے ساتھ روانہ کیا تاکہ وہ سوکھا پتہ ہواؤں کا دباؤ برداشت نہ کر سکے اور چور چور ہو کر فضاؤں میں بکھر جائے۔ مگر ـــــ بہت دیر تک فنا اور لافنا کے بیچ دو ہونٹ خاموش بے حس پتھر کے مانند سوتے رہے۔ وہ طوفان سوکھے پتے سے ٹکرا کر کچھ اس شدت سے لوٹا کہ میری آنتوں کے پرخچے اڑ گئے۔ میں بے ہوش ہو گیا۔ جب آنکھ کھلی تو سامنے سفید سفید دیواریں، سفید چادریں، اُجلی میز، اجلے کپڑے پھیلے ہوئے تھے۔ ناکوں میں ڈیٹول کے چھڑکاؤ کی سفید سفید مہک داخل ہو رہی تھی۔ ڈاکٹر اور پولیس افسران نہ جانے کیا کچھ پوچھتے رہے مگر بہت کچھ کہنے کی خواہش رکھنے کے باوجود میں کچھ بھی نہ بول سکا۔ کہ وہ سوکھا پتہ ہونٹوں سے چپکا ہوا تھا۔ اور اس سے آگے میل سے میلوں تک صدیوں سے صدی تک ایک سفید اتھاہ سناٹا۔ اس سناٹے سے نجات بہت بڑا مسئلہ تھا۔ پہلے ہی جھٹکے نے اس قدر نحیف اور لاغر بنا دیا تھا کہ اگلے اقدام کا منصوبہ بنانا بھی دوبھر تھا۔ نہ جانے کتنے دنوں تک ہسپتال میں یوں ہی پڑا رہا۔

ڈاکٹروں اور نرسوں نے کبھی اس سوکھے پتے کا خیال نہ کیا۔ ان کے لئے یہ بات اطمینان بخش تھی کہ یہ شخص حادثے کی وجہ سے گونگا ہو گیا ہے۔ ممکن ہے کسی دوسرے حادثے میں قوت گویائی لوٹ آئے۔ یہ ڈاکٹروں کا اپنا مسئلہ تھا۔ کاش کہ میں ان سے اپنا سارا ماجرا بیان کر سکتا۔ میں تو یہ بھی نہیں پوچھ سکتا کہ اندر آنت میں کتنے شگاف آئے تھے۔ بہرحال میں اپنی صحت کی بحالی کا انتظار کرتا رہا۔

ایک دن اچانک جب مجھے یہ احساس ہوا کہ اپنے اندر کچھ سکت بحال ہو گئی ہے تو پوری قوت سے تھوکنے کی کوشش کی۔ مگر پھر ناکام رہا۔ اسپتال کے بیڈ پر ہی بے ہوش ہو گیا۔ ہوش آیا تو پتہ چلا کہ کئی دانت اور جبڑے کی ہڈیاں ٹوٹ کر پیٹ میں داخل ہو گئی ہیں۔ اور پیٹ کی حالت بڑی نازک ہے۔ ڈاکٹروں نے کڑی نگرانی بٹھا دی۔ جب کبھی نرسیں میرے چہرے پر کسی طرح کا دباؤ محسوس کرتیں وہ فوراً (ALERT) ہو جاتیں ان میں سے

کوئی ریزیڈنٹ سرجن کے چیمبر کی طرف بھاگتی اور کوئی یہ کہہ کر ڈانٹ لگاتی کہ "کیسے مریض سے پالا پڑا ہے۔ اچھا ہونے کا نام ہی نہیں لیتا۔"

ہاں میں بہت ہی بدنصیب قسم کا مریض تھا۔ شور مچا مچا کر نرسوں کی کن پٹیاں گرم نہیں کر سکتا تھا۔ اللہ بے آنکھ والیوں کو اپنی آنکھوں سے کیا بتاتا۔ اب تو بس میں تھا اور مجھ سے لپٹی میل سے میلوں تک صدی سے صدیوں تک سفید تنہائی، ڈاکٹر، نرس، مرض، مریض، بیڈ، تھرمامیٹر، موت، زندگی، فنا لافنا کتنا لمبا پل تھا یہ اسپتال۔ پل کے توازن پر کون ٹھہر سکا ہے۔ اس پار یا اس پار تو ہونا ہی ہوتا ہے۔ مگر میں ایک قیدی اس توازن کا۔ نہ اس پار نہ اُس پار منجمد ' ہاں ' اور ایک منجمد ' نا ' کے درمیان پڑا ایک قیدی۔ کب آتا ہے پگھلنے کا موسم کیسے آتا ہے۔ موسم تو چار ہی ہوتے ہیں۔ ایک فاضل موسم چاہئے پگھلنے کے لئے۔ مگر زائد تو کچھ ہوتا ہی نہیں۔ فاضل موسم کا انتظار عبث ہے۔ وہ آئے، نہ آئے۔ کیا پتہ۔

میں نے اپنے ہاتھ پاؤں کی انگلیاں گنیں۔ سب ملا کر بیس ہی تھیں۔ سب کچھ ٹھیک تھا۔ ایک بار پھر کوشش کی جائے۔ یعنی دونوں پھیپھڑوں میں ہوا بھر کر ایک زوردار کھانسی بنائی جائے۔ تاکہ اس کی چوٹ سے اس کے پتے کے پرخچے اڑ جائیں۔ تیاری مکمل تھی۔ زناٹے دار کھانسی کی مگر حسب معمول پھیپھڑا اپنی بھینچی ہواؤں کی زد میں تھا۔ ایک طرف کا تو بیلون کی طرح پھٹ گیا۔ کئی دنوں تک بے ہوش پڑا رہا۔ ہوش آیا تو پتہ چلا کہ اگر جینے والی زندگی ہو تو ایک ہی پھیپھڑا کافی ہے۔ کسی طرح ایک پھیپھڑا داہنی پسلی کے نیچے محفوظ کر دیا گیا۔ مگر مجھے بتایا گیا کہ میں احتیاط کی آخری سرحد پر کھڑا ہوں۔ اب میری کوئی بھی بداحتیاطی آخری بداحتیاطی ہوگی۔

پہلی، دوسری، تیسری واپسی۔ واپسی ہی واپسی۔ بار بار اپنے ہی اندر لوٹ کر آنا پھر سے سوہو کر ہسپتال کی چارپائی سے لگ جانا۔ ڈاکٹروں کے معائنوں اور مشوروں کا دکھ اٹھانا۔ ہر بار بس اتنا ہی ہوتا ہے (اس سے آگے کچھ اور کیوں نہیں ہوتا) اور پھر ایک نئی شکست کی تیاری۔ بنجاروں کے متعلق میں نہیں جانتا مگر سنا ہے کہ فتح کی تکمیل انہی کے ہاتھوں میں تھی۔ اور وہ سب کے سب اونٹ سمیت ریگستانوں میں گم ہو چکے ہیں۔ ان کی بازیافت مشکل امر ہے کہ ہسپتال کی دیواریں تو مستقل محسوس ہو رہی تھیں۔ ہر شگاف سے ایک ایک زبان نکل کر لٹک رہی تھی۔ شگافوں سے لٹکتی زبانیں بے آب حرفوں سے آلودہ تھیں۔ میں نے سوچا حرفوں کے اس لٹکتے جلوس میں خود کو شامل کر لوں مگر اچانک دیواروں نے اپنی لٹکی ہوئی زبانوں کو شگافوں میں واپس بلا لیا۔ سب کچھ غائب تھا۔ ہونٹوں پہ سوکھا پتا جما تھا۔ اور اس کے آگے میل سے میلوں تک۔ صدی سے صدیوں تک۔ کیا کیا جائے؟

کسی نے میری ہتھیلی مجھ سے چھین لی ۔۔۔ لیکن جوں ہی اس نے ماچس کی تیلی جلائی ـــــــــ "ارے

ہاں ماچس کی تیلی" میرے تمام اذیت ناک تجربے بیکار ہی گئے۔ کتنی معمولی اور ہلکی سی چیز تھی۔ ماچس کی تیلی۔ تو کیوں ذرا اس کے سوکھے پتے کو ماچس دکھا دی جائے۔ جل کر بھسم ہو جائے گا۔

تین نمبر بیڈ کا مریض غائب تھا۔ بیڑی پینا اس کی عادت تھی۔ اس کے تکئے کے نیچے دبی ماچس میں نے اٹھائی۔ پھر پہلی تیلی، دوسری تیلی، تیسری تیلی۔ نہ جانے کتنی تیلیاں ۔۔۔!

آگ! آگ! آگ! اونگھتی ہوئی نرسیں چیختی ہوئی اُدھر اُدھر بھاگیں۔ بڑی مشکلوں سے میرے ہاتھوں سے ماچس کی ڈبیہ چھینی گئی۔ ہونٹ ربر کی مانند جل رہے تھے۔ شدید جلن نے مجھے پھر بے ہوش کر دیا۔

نہ جانے کتنے دن اسی طرح بے ہوش پڑا رہا۔ آہستہ آہستہ ہوش آیا۔ ایک نرس میرے سامنے کھڑی تھی۔ اس بار اس کی آنکھوں پر نہ معلوم کس کس کی مرضی مسلط تھی۔ اس نے کئی بار مجھے گھورا۔ اپنی ہتھیلی سے آنکھوں کو ملا۔ کئی بار آنکھیں کھولیں اور بند کیں۔ اچانک اس کی پتلی سی زبان لپلپاتی ہوئی باہر تک آئی۔ وہ بولنے سے زیادہ ڈنک مارنے کی مدرا میں تھی۔

" اب کچھ نہیں ہو سکتا۔ سارا کھیل تم کھیل چکے۔ یہ تمہاری آخری بد احتیاطی تھی۔ اب ہم تمہاری ذمہ داری نہیں لے سکتے۔ فضول ذمہ داریوں کو ڈھونے کا ہمارے پاس وقت نہیں۔ تم یہاں سے جا سکتے ہو۔ یہ رہا تمہارا (DISCHARGE CERTIFICATE) اور ہاں ہم تمہیں احتیاطوں کی فہرست بھی نہیں دیں گے جو ہمارے دستور کے مطابق ہر (DISCHARGE) ہونیوالے مریض کو دیا جاتا ہے۔ یہ ہمارا اجتماعی فیصلہ ہے۔ مگر ہم تمہیں تمہاری آنکھوں کی سلامتی کی بدھائی دیتے ہیں۔ جانے سے پہلے ایک بار آئینہ ضرور دیکھ لینا۔"

مجھے (DISCHARGE) کر دیا گیا۔ میں خوش تھا۔ بیڈ سے اتر کر لمبے لمبے ڈگ بھرتا باتھ روم میں داخل ہوا۔ خود کو آئینے کے سامنے کھڑا کیا۔ یعنی میں خود اپنی عدالت میں کھڑا تھا۔

میرے ہونٹ جل کر نیلے پڑ چکے تھے۔ اس کی نیلاہٹ سارے جسم میں پھیل چکی تھی۔ سارا جسم گہرا نیلا ہو چکا تھا۔ مگر وہ سوکھا پتہ؟ کہاں گیا وہ؟ جل کر بھسم ہو گیا شاید۔ ارے یہ کیا۔ وہ تو اب بھی وہیں جما ہوا ہے۔ مگر اسکی شناخت بہت مشکل ہو گئی۔ اب بہت مشکل ہے اسے پہچاننا ———— کیوں کہ اب سوکھے پتے نے 'ہرا رنگ' اختیار کر لیا تھا۔

پتامبر

ایک اہم منشور کے تحت آج سوچنا ہے۔ صرف سوچنا ہے۔ ان درختوں کیلئے جن کیلئے میں سرخ پوش بنا کر اس دھرتی پر اتارا گیا۔ سبز پوش جنگلوں میں اترنا کوئی بڑی بات نہ تھی۔ مگر میں نے اترنے سے انکار کیا۔ گیلی مٹی کے نمائندے میری پناہ گاہ یہ دھرتی کا مقدس ترین گوشہ اور بانی کی بولی لیکر حاضر ہوئے اور مجھ کو سو فیصد حاضر و ناظر جان کر سب کے سب خود کو قوت گویائی سے محروم کر بیٹھے۔

—— !!

میرے اوپر کون ہے ! (بازگشت)

مجھ سے اوپر کون ہے ! ! (بازگشت)

کوئی ہے !!! (بازگشت)

میں تیار ہوں مجھے ان کا روح گر، بنا دے۔ ان کے لئے تیری زنبیل میں جو عالمت ہیں میرے کشکول میں انڈیل دے۔ مگر تمہیں تمہارے گناہ و ثواب کی عظمتوں کی قسم گیلی مٹی کے نمائندوں کے لئے مجھے لفظوں کا مقروض بنا کہ جس منشور کے تحت آج میں سوچ رہا ہوں۔ اس نے لفظوں کا بینک خالی کر دیا ہے۔ اب انہیں دینے کیلئے میرے پاس الفاظ نہیں —— میں وعدہ کرتا ہوں واپس آ کر تم سے ایک لفظ بھی نہیں بولوں گا۔ بلکہ ان کے عوض کروڑوں الفاظ بطور سود تمہاری طرف سے نازل ہونے والی کتابوں کے لئے اس دھرتی سے ارسال کرونگا (میری پناہ گاہ سے نیچے اور اس کے اوپر جو کچھ ہے سب تجارت ہے۔ اور

میں! میں خود تاجر ہوں اور میرے اوپر جو ہے وہ مجھ سے بڑا تاجر ہے اور جنگ و محبت کی طرح تجارت میں بھی سب کچھ جائز اور برحق ہے۔ سرگوشی)

طویل گیپ.........

میں بیج

میں کونپل

میں تنا

میں زمین کا مقدس ترین گوشہ

میں شاخ

میں درخت

میں درختوں کا پیامبر

طویل قربت.........

میری شاخیں، میری جڑیں، میرے لئے.........ان پر بسنے والی ہوائیں سب میری۔ اس میں لگنے والے پھل پھول، اس پر پھلنے والے گھونسلے، ان میں تیرنے والے جوڑے ان میں رہنے والے انڈے، ان کے چھلکے، ان کے چوزے سب میرے۔ چاروں دشاؤں میں پھیلے ہوئے درخت، ان کے اوپر ان کے نیچے سانس لینے والے چرند و پرند، ابھرے ہوئے ٹیلے ریگستانوں سے آنیوالی ریت۔ بندوق سے نکلی ہوئی بارود کی بو، ان میں بھری ہوئی گولیاں زخم خوردہ شکاری اس کے شکار، اس کی گود میں پھیلی ہوئی جڑی بوٹیاں، سادھو سنتوں کے پڑاؤ، ان کی سمادھیاں، سانپ بچھو، ان کے زہریلے ڈنک، پھن، لگنے والی آگ، سارا جنگل میرا۔ صرف میرا۔ ؟؟

مختصر گیپ —

مختصر قربت —

تلاش جاری ہے۔ اُف یہ کیسی گھٹن ہے۔ میرے ہی جڑوں سے خارج شدہ کاربن میرے سروں پر منڈلا رہا ہے۔ میرے پتے سوکھتے جا رہے ہیں۔ میں پیلا پڑتا جا رہا ہوں کو لو ردفل — کون چوس رہا ہے میرے پتوں سے کولوروفل۔ میری کمر کی ہڈی کیوں چیخ رہی ہے

کمر کی ہڈی کا درد جڑوں کی ہڈی میں داخل کیوں ہو رہا ہے ؟

آج سارے جنگل کو یہ چپ کیوں لگ گئی ہے ؟ یہ کیسی تلاش ہے ۔ میں دیکھ رہا ہوں سارا جنگل کچھ نہ کچھ ڈھونڈھ رہا ہے ۔ کیونکہ ڈھونڈھنے اور پانے کی کوئی بھی کوشش خود کو میری گہری آنکھوں سے ضرور گذارتی ہے ۔ میں بھاگ دوڑ کر ان سے پوچھ نہیں سکتا کہ کیا ہوا یا کیا ہونے والا ہے ؟ کیونکہ میری جڑیں دھرتی کے اس مقدس گوشے سے علیٰحدہ ہونا نہیں چاہتیں یہاں سے اکھڑنا نہیں چاہتیں ۔ میں نے ہواؤں پر انگلی رکھی وہ اک ذرا سی ٹھٹکی پتہ نہیں احتراماً ، اصولاً ، رسماً ، یا قانوناً اور بغیر کچھ بتائے اس طرح پھسل کر غائب ہو گئی جیسے کوئی چکنی مچھلی گرفت سے چھٹک جائے ۔ میرے کانوں میں بسی گنبدیں اپنے اندر یہ احتجاجی گونجیں کیوں پال رہی ہیں ۔۔۔ ؟

بھیانک ہنسی ۔۔۔ خاموشی چکنا چور !

" خلا گاہوں کے ہمراز ۔۔۔ تو یہاں چھپا کھڑا ہے ۔۔۔ پتامبر ! سن لے ! ہم سب ایک ایسے درخت کی تلاش برسوں سے کر رہے ہیں جس کی لکڑیوں سے صلیب اور تابوتیں بنتی ہیں ۔ نہ جانے ایسا قاتل درخت ہمارے بیچ کیسے اُگ آیا ۔ اور اُگنے کے بعد ، بڑھ کر ہمارے ہی بیچ اپنی عمر طے کرتا رہا ۔ آج ہم نے اپنے ہم نواؤں سے کہدیا ہے کہ ہمارے بیچ کا کوئی درخت صلیبی لکڑیاں نہیں اگاتے ۔۔۔ ہو نہ ہو تو ہی وہ درخت ہے آج کی رات تیری آخری رات ہوگی پتامبر !

تم میری بن سبھا کے محترم ممبر ہو ۔ تم نے آج نشہ کیا ہے ۔ تمہاری اس لغزش کو معاف کرنے کا مجھے پورا اختیار ہے ۔ جاؤ ہوش کی کوٹھری میں داخل ہو جاؤ ۔ میں نے تمہیں معاف کیا ۔

" خلا گاہوں کے ہمراز ۔ یہ حق ہم نے تم سے چھین لیا ہے ۔ آج کی رات تمہاری آخری رات ہے ۔ کل صبح تیری کلیاں بن جائیں گی ۔

میری بن سبھا کے نیک و محترم ممبرو ۔ خاموش ہو جاؤ ۔ یہ الفاظ میں نے تمہارے لئے قرض لئے ہیں ۔ یہ الفاظ میرے ہیں ۔ انہیں اتنی بیدردی سے ضائع نہ کرو ۔ خاموش ہو جاؤ ۔ ورنہ میں واپس لوٹ جاؤں گا ۔

طویل

واپسی

میں جنگل

میں ــــ درختوں کا پتا مبر

میں ــــ درخت

میں ــــ شاخ

میں ــــ زمین کا مقدس ترین گوشہ

میں ــــ تنا

میں ــــ کونپل

میں ــــ بیج

میں ــــ..... ــــ ....

اب میں نہیں بولتا ــــ !!!

پُش

بٹن

سر پر ایک ٹوکری ہے۔ بانس کی بنی ہوئی ہے شاید بانس کی۔ ٹوکری ہلکی اور پائدار ہوتی ہے۔ بانس جب کٹ جاتا ہے تو اس کی ٹوکری بن جاتی ہے۔ ٹوکری بنانی ہو، کچی بنانی ہو تو بانس کاٹنا ہی پڑتا ہے۔ لیکن بڑھیا کے ہاتھ تو نحیف اور سرد ہیں۔ اس سے بانس کس طرح کاٹے، کوئی ہوگا بانس کاٹ کر ٹوکری بننے والا۔ وہ بڑھیا جونہی سڑک کے پسرے ہوئے تارکول پر قدم رکھتی ہے۔ ٹھٹھک جاتی ہے۔

کون ہو تم ـــ؟

"چاہو تو احتراماً بڑھیا کہہ سکتے ہو، ویسے بڑھی تو ہوں ہی۔"

"وہ تو ہے مگر شناخت؟"

"میری عمر کو پہنچ کر یہ سوال اپنے آپ سے کرنا، تم خود اس کا جواب نہ دے سکو گے۔"

"تم بہت دلچسپ معلوم ہوتی ہو مائی۔ تمہارے سر پر رکھی ہوئی ٹوکری میں کیا ہے؟ ـــ تمہارا سر کچھ نہیں ہے.........

میں تمہیں سچ بولنے کا حکم دیتا ہوں مائی۔ ورنہ تمہاری تلاشی لینے پر مجبور ہونگا ـــ میں اپنے پیچھے جو کچھ چھوڑ آئی ہوں اسے دہرانا نہیں چاہتی مگر میرے سامنے جو آسمان ہے اس کے نیچے "سچ" نے

برٹا کوئی جھوٹ نہیں۔ جھوٹ بولنے کا حکم دو، میں سچ کہہ دونگی۔ !! اچھا جھوٹ ہی سہی۔" ٹوکری میں گوبر ہے ـــ ٹوکری اتار کر سامنے رکھ دیتی ہے۔

اس کا کیا کروگی؟ چولہے جلاؤں گی اس کے بغیر چولہے سرد ہیں ـــ"

"تم لباس سے گدھ اور بو سے عقاب معلوم پڑتے ہو ـــ

بو، کیسی بو ـــ ؟

تمہارے بدن سے دہیر تا اور گیہوں کے دانوں کی خوشبو آرہی ہے۔"

دیوتا ـــ خوشبو! یہ سب فراڈ ہے دغابازی ہے۔ میری ہڈیوں پر جو گوشت کی نہیں دیکھ رہی ہو یہ بھی فراڈ ہے یہ گوشت نہیں ہے بارود کی تہیں ہیں۔ میں "وار ہیڈ" ہوں اگر سونگھ سکو تو قریب سے اگر سونگھو۔ میرے قریب آکر ہلاک ہو جاؤگی تو یہ ذمہ داری تمہاری اپنی ہوگی۔ آؤ مائی قریب آکر مجھے ایک بار سونگھ لو ـــ"

تم بہت جذباتی ہو، اچھا یہ بتاؤ تمہارے ہاتھ میں کیا ہے۔ ؟"

"اسٹین گن"

میں صرف اپنا بھاشا جانتی ہوں۔ کچھ ایسا کہو کہ میں بھی سمجھ سکوں۔ اچھا تمہاری پیٹھ پر کیا ہے، پُش بٹن " ہاتھ میں اور پیٹھ پر کہیں بھی تمہاری اپنی کوئی چیز نہیں۔ میں نے کہا نہ کہ کچھ ایسا کہو کہ میں بھی کچھ سمجھ سکوں۔" اچھا اب اپنی بھاشا میں جواب دونگا۔

تمہیں یہاں دیکھ کر بڑی خوشی ہوئی۔ تم گیہوں کے دیش سے آئے ہو ہمیں گیہوں کی ضرورت تھی۔ دھان کی فصل تو بالکل برباد ہو گئی۔

دھان کی فصل کے بعد ہی گیہوں کی فصل آتی ہے۔ ہم یہ فصل کامیاب کرا دیں گے ہاں۔ اور گیہوں کی فصل کے بعد پھر دھان کی فصل آتی ہے۔ کون کہہ سکتا ہے کہ کون فصل کب برباد ہو جائے سب اوپر والے کے ہاتھ میں ہے۔

"تم شاید ٹھیک کہتی ہو"

اچھا یہ بتاؤ کہ تم یہاں کس لئے آئے ہو جبکہ ہم ایک دوسرے کو پہچانتے بھی نہیں ـــ"

مجھے "مکتی دوت" کہا جاتا ہے۔ تمہیں مکت کرانا ہے۔ مگر کس سے ـــ ؟ (تم لباس سے گدھ اور بو سے عقاب معلوم پڑتے ہو تمہارے بدن سے دہرتا اور گیہوں کے دانوں کی خوشبو آرہی ہے) ایک گونج۔

ذرا جلد بازی ہوں — چلوں گا مائی — میری پیٹھ کا پسٹن کوئی دبا رہا ہے۔ میں بھی جلدی میں ہوں۔ مجھے بھی بانس کے جنگل کے اس پار جانا ہے۔ میرا آدمی جنگل کے بانس کاٹ کر خوبصورت کھولی بناتا ہے۔ یہ ٹوکری بھی اسی نے بنی ہے۔ اس کی کلہاڑی بانس کی جڑوں پر ہوگی بانس کے گرتے ہی وہ آکر روٹی مانگے گا اور میں اب تک گوبر ہی اکٹھا کر رہی ہوں۔ ذرا ٹوکری سر پر رکھ دینا۔"

اچھا مائی تمہاری کوئی اولاد نہیں —؟

ہیں — ایک بیٹا، ایک بیٹی —

تو پھر تم اتنا کشٹ کیوں کرتی ہو؟

وہ لوگ اپنا دھندا کرتے ہیں —

کیسا دھندا کرتے ہیں؟

رنڈی اور بھڑوے کا۔

کیا —؟

ہاں یہ سچ ہے اور سچ کے سوا کچھ بھی نہیں —

کہاں کرتے ہیں یہ دھندا؟

اور کہاں چکلے میں —

تم مجھے ان دونوں کا پتہ دو۔ ان کو ان کو درست کرنے کی کوشش کرونگا —

اس کی ضرورت نہیں تم ان سے مل چکے ہو —

"مائی" ! دیکھو کوئی تمہاری پیٹھ کا پسٹن دبا رہا ہے۔ مجھے بھی چولہے کی آگ جلانی ہے' الوداع !"

اور وہ بڑھیا گوبر کی ٹوکری سر پر لئے بانس کے جنگلوں میں گم ہوگئی اور کس کی پیٹھ پر پسٹن دبتا رہا۔ اور بارود کی بو، بانس کے جنگلوں کی جانب لپکتی رہی۔

اب

وہ

اترنے

والا

ہے

اب وہ اترنے ہی والا ہے ___

آپ سب قطار میں کھڑے ہو جائیں ______

______ اس کے اترنے کی علامتیں دھیرے دھیرے واضح ہوتی جا رہی ہیں۔

اب مزید گذارش کی گنجائش مفقود ہے ______

دوڑ کر!

رینگ کر!

گھسٹ کر!

کسی بھی طرح، بنائی گئی سیدھی لکیر پر کھڑے ہو جائیں ______!

موقع ___

امید کہ آپ سب قطار میں کھڑے ہو گئے ہونگے۔ جس خط پر آپ کھڑے ہیں وہاں

سے گردن اٹھا کر دیکھیے۔

آسمان کی طرف۔

جی ہاں! آسمان کی طرف۔ وہ چوٹی آپ کو صاف صاف دکھائی پڑنی ہی چاہیے کیونکہ کل کی بدلیاں اب آسمان کو خالی کر چکی ہیں۔ اور وہاں سے اترنے والا بے حد خوش ہے۔ اور اب وہ خوشی آپ پر بھی اترنے والی ہے۔

آپ اپنے ہونٹوں کو مسکراہٹ، کے لئے تیار رکھیں۔

تیار۔۔۔ رکھیں.............

رکھیں......تیار...... .. رکھیں ..... رکھیں.........

اب وہ اترنے ہی والا ہے۔ خبر ہے کہ وہ پہلا قدم اٹھا چکا ہے۔

مگر آپ کی سرگوشیوں سے اندازہ ہو رہا ہے کہ آپ لوگ خبردار نہیں ہیں۔ اترنے والا آپ سب کو ALART اور چوکنا دیکھنا چاہتا ہے۔ صف ٹیڑھی میڑھی ہے۔ جیسے ہر قطار خط مستقیم پر نہیں بلکہ خط منحنی پر کھڑی ہو۔ صف سیدھی کریں۔ کریں۔ صف سیدھی۔۔۔

اب وہ اترنے ہی والا ہے۔ خبر ہے کہ وہ کئی قدم اٹھا چکا ہے۔ لگتا ہے آپ لوگوں نے صفیں سیدھی کر لی ہیں۔ اب اپنے بدن کے ہر عضو کو اچھی طرح ٹٹول کر تشفی کر لیں کہ سب ٹھیک ہیں۔ کوئی بھی معطل اور ناکارہ نہیں۔ اترنے والا کچھ بھی طلب کر سکتا ہے۔۔۔ اس مسکراہٹ، کے عوض جو آپ کو ملنے ہی والی ہے۔

ہاں! ایک بار آپ کو پھر یاد دلا دوں۔ آپ سب اپنے ہونٹوں کو مسکراہٹ، کے لیے تیار رکھیں۔

ضرورت ہو تو دو چار بار ریہرسل بھی کر لیں تاکہ عین موقع پر آپ کو کف افسوس نہ ملنا پڑے۔۔

احتیاطاً ایک بات اور بھی نوٹ فرما لیں۔۔۔ اترنے والے کی طرف سے جتنی بھی مسکراہٹ، آپ کے حصے میں الاٹ ہوا اس سے زیادہ مسکرانے کی کوشش ہرگز نہ کریں۔

اب وہ اترنے ہی والا ہے۔ وہ بڑی تیزی سے قدم اٹھا رہا ہے۔

موقع۔۔۔

کون ہو تم؟ کہاں سے بول رہے ہو؟

ہمارے تلووں کے نیچے یہ کیسی لکیریں سرسرا رہی ہیں؟

کیا یہ خطوط مستقیم ——
کون اترنے والا ہے ؟

موقع ختم ——

اب وہ اترنے ہی والا ہے ۔ شور نہ کریں ۔ وہ واپس بھی ہو سکتا ہے ۔ کیونکہ جس تیزی سے وہ نیچے اترتا ہے اس سے کہیں تیزی سے وہ اوپر کی طرف لوٹتا ہے ۔

اور ایک ذرا صف میں کھڑے ہو گئے ہیں تو نقصان ہی کیا ہے ۔ آپ تک مسکراہٹیں اسی لئے نہیں اتریں کہ آپ سب بہت بے صبرے واقع ہوئے ہیں ۔ یقین کیجئے آپ لوگ کسی داؤ پر نہیں چڑھائے گئے ہیں ۔ بلکہ قطار بند کئے گئے ہیں ۔ بس اتنی ہی دیر میں آپ کی ایڑیاں پگھلنے لگیں ۔ بہر حال آپ کو قطار بند کر کے آپ کے صبر کا امتحان لینا مقصود نہیں ۔ کیونکہ اترنے والا اگر آپ سے کچھ طلب کرے گا تو اس کے عوض مسکراہٹ کی تھیلیاں بھی تو پیش کرے گا ۔ البتہ یہ سچ ہے کہ ابھی بھی نہیں معلوم کہ وہ آپ سے کیا طلب کرے گا ۔ لہٰذا آپ اپنے آپکو ہر اعتبار سے حاضر رکھیں ۔ اور اب تو معلوم ہونے والا ہی ہے کہ ——

وہ اترنے ہی والا ہے ۔ سامنے کی پہاڑی پر اس کے قدموں کی چاپ سنائی دے رہی ہے ۔

موقع ——

لیکن وہ کیوں اتر رہا ہے ۔ ؟
وہ کس کے لئے اتر رہا ہے ؟
تم نے اسے کیوں اترنے پر مجبور کیا ہے ؟
ہم لوگ مسکراہٹ لیکر کیا کریں گے ؟

موقع ختم ۔

آپ کے سوالات بے حد فطری ہیں ۔ مگر آپ کے سوالات اس وقت ختم ہو جائیں گے جب اترنے والا اتر آئے گا ۔ بس اس کے اترنے کی دیر ہے ۔ پھر آپ ایک ایک مسکراہٹ کے لئے سودا کرنے کو بے چین ہو جائیں گے ——

وہ دیکھو !   وہ دیکھو ! اترنے والا اتر آیا ہے ۔

اب وہ پرگٹ ہو رہا ہے ۔ ہونٹ مسکراہٹ کے لئے تیار رکھیں ۔ وہ مسکراہٹ کی تھیلیوں سے لدا ہوا ہے ۔ بولئے ! چاہیئے وہ تھیلی آپ کو ؟ ۔ تیار ہیں آپ سب ؟ ۔ یہ تھیلیاں آپ لوگوں کو مل

جائیں گی۔ یہ آپ ہی کے لئے ہیں۔ بس اس کے عوض وہ آپ سے کچھ طلب کرے گا۔ بولیے! جلدی کیجئے! فوراً فیصلہ کریں! ورنہ وہ اگلی پہاڑی کی جانب نکل جائے گا۔ وہاں بھی لوگ اس کے منتظر ہیں۔ بڑا ہی نادر موقع ہے۔ اسے گنوانا عین حماقت ہے۔ بولیے۔ بولئے۔ ایک۔ بولئے! دو

ہاں! ہاں! بولیے۔ آواز لگایئے! بول............ یے............

موقع

ہاں! ہاں۔ ہمیں وہ تھیلی چاہیے!
مسکراہٹ کے لئے ہمارے ہونٹ تیار ہیں!

شکریہ! اب اترنے والے سے گذارش ہے کہ آپ سامنے بنے ہوئے چندن کی لکڑی والے پلیٹ فارم پر کھڑے ہو جائیں۔ لوگوں کی یہ قطار آپ کا سواگت کرتی ہے۔ ہم بیچ بیچ میں تالیاں پیٹنے اور جے جے کار کا اشارہ بھی کر چکے ہیں۔ نروس ہونے کی قطعی کوئی ضرورت نہیں۔ آپ کو ان میں اپنی بات رکھنے کے لئے ان کے پاس جانے کی ضرورت نہیں۔ پلیٹ فارم پر ایسے آلات موجود ہیں جو آپ کی بات ان تک لے جائیں گی۔ جے جے کار اور تالیوں کا شور آپ تک اپنے آپ ہی پہنچتا رہے گا۔ آپکے اور ان کے بیچ ہم نے بہت ساری حفاظتی ریکھائیں کھینچ رکھی ہیں۔ اب آپ پلیٹ فارم پر تشریف لے آئیں۔ لوگ آپ کے منتظر ہیں۔ شکریہ___ اب آپ اپنی باتیں رکھیں۔

"امید کہ آپ سب میرے ہونٹوں پر پھیلی ہوئی مسکراہٹ ضرور دیکھ رہے ہونگے۔ ہمارا نصب العین مسکراہٹ ہے۔ ہمارے پاس مسکراہٹ کی تھیلیاں ہیں۔ ہم اپنی ساری تھیلیاں آپ میں بانٹ دیں گے مگر اس کے عوض آپ ہمیں اپنا ایک ایک بازو پیش کریں۔"

سب نے اپنے اپنے بازو پیش کئے۔ اترنے والا بازوؤں کو سمیٹ کر اوپر کو لوٹ گیا۔ مگر قطار میں کھڑے لوگوں کے ہونٹ مسکراہٹ کے لئے جس طرح تیار تھے۔ تیار ہی رہ گئے۔ اترنے والا کچھ دنوں بعد پھر اترا۔ اس نے کہا___

"آپکے وہ بازو جو ہم لے گئے تھے ہمارے کسی کام نہ آئے۔ سڑ گئے___ ہم نے انہیں پہاڑی کی دوسری طرف پھینک دیا۔ مسکراہٹ کی تھیلیاں اب بھی محفوظ ہیں۔ آپ سب ہمیں اپنی ایک ایک ٹانگ دے دیں۔"

مگر اس بار بھی مسکراہٹ کی ہتھیلیاں بند کی بند رہیں۔ کچھ دنوں بعد اترنے والا پھر اترا۔ اس نے قطار میں کھڑے لوگوں سے بتایا ـــــــ

" آپ کی ٹانگیں ہمارے لئے بیکار ثابت ہوئیں۔ انہیں کبھی ہم نے پہاڑی کی دوسری طرف پھینک دیا۔ شاید آپ کی آنکھیں ہمارے کچھ کام کی ہوں۔ آپ سب اپنی اپنی آنکھیں ہمیں دیدیجیے۔"

سب نے اپنی اپنی آنکھیں پیش کر دیں۔ اترنے والا آنکھیں لے کر اوپر چڑھ گیا۔ ہتھیلی بند کی بند رہی۔ ہونٹ مسکراہٹ کے لئے بالکل تیار تھے ـــ بالکل تیار ـــ کہ شاید اس بار ـــــ

اترنے والا ایک مدت بعد پھر اتر آیا۔ اس بار اس کے لہجے میں بڑی ہمدردی اور جملوں میں دکھ کی آمیزش تھی ـــــــ

" آپ سب نے ہماری طرف سے ملنے والی مسکراہٹ کے لئے اپنا سب کچھ قربان کر دیا۔ آپ سب ہمارے سچے اور مخلص پرستار ہیں۔ یقین کیجئے ملنے والی مسکراہٹ ضرور ملے گی ـــــــــــ

... مگر اب جبکہ آپ اندھے، لنگڑے اور نہتے ہو چکے ہیں اور اس قابل بھی نہیں رہے کہ قطار سے نکل کر اپنے حصے کی مسکراہٹ اپنے ہونٹوں پر رکھ سکیں اور دوسروں کی مسکراہٹ دیکھ سکیں اس لئے آپ سے گذارش ہے کہ آپ سب اپنے اپنے ہونٹ ہمارے حوالے کر دیں ہم انہیں اوپر چوٹی پر لے جائیں گے اور اعلیٰ قسم کی مسکراہٹ ان پر منڈھ کر انہیں آپ کے پاس واپس بھیج دیں گے۔"

سب نے اپنے اپنے ہونٹ پیش کر دیئے۔ اترنے والا ہونٹوں کا قافلہ لے کر اوپر چڑھ گیا ـــ اور پھر کبھی واپس نہیں آیا ـــ اور ایک دن یہ اعلان ـــــــ

ـــــــ بڑی خوشی کی بات ہے کہ آپ کی قوت سماعت بے حد وفادار ہے۔ آپ لوگوں نے برابر کہی جانے والی باتیں غور سے سنیں اور ان پر عمل کیا۔ لہٰذا آپ یہ جان لیں کہ اترنے والا اب کبھی نہیں اترے گا کہ اب آپ کے پاس مسکراہٹ کے لئے ہونٹ بھی نہیں رہے۔

براہِ کرم آپ سب قطار توڑ دیں۔ جلدی کریں ـــ بھیڑ نہ لگائیں !!!"

آخری موقع

شاہکار

جب فنکار جاگتا ہے تو دنیا سوتی ہے صدیوں سے یہ ہوتا آیا ہے۔ شاید ہوتا ہی رہے اور شاید ایسا بھی ہو کہ جب دنیا جاگے تو فنکار کو سلادے۔

"ستنام سنگھ" اب تک جاگ رہا ہے۔

رات کہتی ہے "میری ٹھنڈی گود سونی ہے۔ سر کو اس گود میں رکھکر میٹھے میٹھے سپنے جگاؤ۔ دیر نہ کرو آؤ۔ سمے بہت بھاگتا ہے اسے تم باندھ کر نہیں رکھ سکتے۔ دیکھو تم کتنے بوڑھے لگ رہے ہو۔ کب تک ٹال سکتے ہو اسے ـــ؟ یہ دن ـــ میری راتیں اور تمہارے ماتھے پر ٹیڑھی ترچھی لکیریں صاف بتا رہی ہیں کہ یہ وقت کے ساتھ مٹنے والی نہیں۔ وقت انہیں بڑھائے گا۔ کتنی راتیں کتنے دن ـــ پھر کئی ہزار شکنیں، سب تمہیں کھانے کو دوڑ رہی ہیں۔ آؤ! میری ٹھنڈی گود سونی ہے۔ لیٹ جاؤ ذرا آرام کر دسمئے۔" سمئے! سمئے! سمئے!.....

ستنام سنگھ کہتا ہے "دن رات اور گھڑیوں کی ٹک ٹک وقت کا پیمانہ نہیں۔ فن پر منٹوں گھنٹوں دن اور رات کی قید کیسی؟" فن مکمل تلاش ہے۔ مستقل کھوج جسکی منزل ایک شاہکار ہے۔ شاہکار جس سے فنکار وقت کو ناپے۔ کئی ہزار راتیں، کئی ہزار دن اور کئی ہزار برس بے شمار صدیاں اسمیں کھو جائیں۔ اس کے سامنے گنتی کے چند سال کیا اسے ہی لوگ وقت کہتے ہیں؟ اس لئے ہر شخص فنکار نہیں ہو سکتا۔ مگر ستنام سنگھ کو رات کی ٹھنڈی اور نرم گود نہیں چاہئے۔ اسے جانا ہے وقت کے شکنجے سے باہر بہت دور۔ ایک تلاش ایک کھوج ہے اس کے فن میں۔ اپنی کلائی پر بندھی ٹک ٹک کرتی گھڑی کتنا مجبور تھا وہ۔ کھونٹی سے لانگ کوٹ اتار کر اس نے بدن پر چڑھا لیا اور دودھ کی طرح سفید کینواس بائیں ہاتھ کے سہارے کندھے سے لٹکایا اور داہنے ہاتھ سے ہینڈ بیگ تھاما جس میں اس دنیا کے بہت سے رنگ تھے جسے ہمیشہ وہ اپنے چہرے

پر ملتا چلا آیا تھا مگر اسے کچھ ملا نہیں۔ وہ ان رنگوں میں صرف ہاپ پاچ اور پھیلاؤ کا قائل نہیں تھا اسے شاہکار چاہیئے تھا۔ اس نے اپنے برش اور رنگوں کے میل سے نہ جانے کتنے گدرائے جسم اجالے اور جوان جسموں کو قید کیا تھا۔ ہر جسم کے ننگے پن نے اسے جھانکا، بری طرح جھانکا۔ مگر اسے کچھ ملا نہیں۔ اسے اپنے کینواس پر ہمیشہ ایک خلا نظر آیا۔

وہ آہستہ آہستہ چلتا ہوا جھونپڑی کے قریب آگیا۔ کسی متنفس کا وجود نہیں تھا۔ اس نے اطمینان کی ایک لمبی سانس لی۔ اسے سناٹا پسند تھا۔ جہاں ٹھہراؤ ہو۔ بہاؤ نہیں۔ تیز رفتاری نہیں۔ یہ جھونپڑی اس لئے اس نے بنوائی تھی گاؤں سے بہت دور۔ جہاں کوئی نہ ہو۔ صرف وہ اور اس کے فن کی تکمیل ہو۔ مگر وہ اب تک نہیں آئی تھی۔ اس نے کینواس کو اسٹینڈ پر لٹکا دیا کھڑکیاں کھول دیں۔۔۔ ہوا کی ٹھنڈی لہر چل پڑی۔۔۔

وہ شارے کا انتظار کرنے لگا۔۔۔

"شارے" پہلے "موہنی" تھی مگر جب سے اس کا پتی ہولی فادر کی دعاؤں سے ہزاری باغ بن گیا تھا اس نے موہنی کا نام بدل کر شارے رکھدیا تھا۔ لیکن وہ ابھی ہولی تھی موہنی تھی۔ وہ کل پہلی بار اس جھونپڑی میں آئی تھی۔۔۔ ستنام سنگھ نے اس جسم کے ہر آتار چڑھاؤ کو دیکھا تھا ایک بار تو اسے جھرجھری سی بھی آئی تھی اس لئے نہیں کہ شارے کے جسم کا اتار چڑھاؤ اس کے سامنے اور قریب تھا بلکہ اس لئے کہ شارے نے اپنے سخت پنجوں سے اس کے ہاتھ کو زور سے جھٹک دیا تھا۔ "تمہاری کلائی تو عورتوں سے بھی زیادہ نرم ہے۔۔۔"

ستنام سنگھ نے کچھ دور ہٹ کر اسے کئی زاویے سے پرکھا تھا۔ وہ ہر زاویئے سے خلا کو پرکرتی نظر آرہی تھی۔ اس کے ننگے سینے، ننگی رانوں اور ننگی پنڈلیوں میں کہیں بھی ننگا پن نہیں تھا۔ ان میں سے کوئی بھی اسے ننگا نہیں چاہتا تھا۔ ان میں زندگی کی حقیقی رمق موجود تھی۔۔۔ روانی تھی۔ ان میں کہیں بھی جذباتی رومانس نہیں تھا۔ انہیں اس نے بار بار چھو کر اس بات کا یقین کر لیا تھا۔۔۔۔

اب وہ شارے سے نہیں اپنی منزل سے قریب تھا۔ فائنل چیک اپ کے بعد ستنام سنگھ نے شارے کو جانے کی اجازت دے دی تھی۔ شارے حیران تھی۔ رات کی تنہائی، تاریکی، ستنام سنگھ اور اس کے دیئے ہوئے ٹاپس سب اس کے گرد ناچ رہے تھے۔ ستنام سنگھ نے جانے کی اجازت دیدی تھی کیوں کہ اس کے پاس کل اتنے رنگ نہ تھے جو شارے کے انگ انگ کو سمو سکتے۔ یا پھر اس کا ننھا منا گمرود کینواس کے بھرپور بدن کے کھوے پن کو برداشت نہ کرسکتا تھا۔ نہ جانے شارے کتنی بار "تو میں جاؤں"؟ دہرایا لیکن

سگریٹ کے دھوئیں نے شارے اور ستنام سنگھ کے بیچ ایک ایک دیوار کھڑی کر دی تھی ۔۔ ایک موٹی دیوار جسمیں شارے کی آواز پگھل پگھل کر ڈوب گئی مگر وہ شاید اپنے من کے کینواس پر رنگ پھیلانے میں کھو چکا تھا۔

وہ ہانپتی ہوئی جھونپڑی میں داخل ہوئی۔ اس کے کھردرے مگر متناسب جسم کے کچھ ٹکڑے برگد کے سندر پتوں کی طرح ڈول رہے تھے۔ کاش وہ صدا ہانپتی رہے۔ ڈولتی رہے برگد کے پتوں کی طرح۔ "بابو! آج مجھے جلدی جانا ہے۔ میرا مرد آج گھر پہ ہے۔ سویا پڑا ہے ۔۔ دارو کا نشہ ہٹتے ہی میری بوٹی بوٹی سے اپنا ادھیکار مانگے گا۔ کون دیگا اگر وہ جاگ گیا اور میں یہاں رہی۔"

پھر وہ کپڑوں سے آزاد ہو گئی۔ ایکسپوز ہو گئی ۔۔ فلم نیگیٹیو کی طرح ۔۔

"اچھا ٹھہرو! ذرا میں کینواس پر مارک دیدوں۔"

اور وہ کینواس کی طرف مڑ گیا۔ اس کی پیٹھ شارے کی طرف تھی ۔۔ پنسل سے وہ کینواس پر مارک دینے لگا۔ "یہ کینواس اور مارک کیا ہوتا ہے ۔۔؟"

"میں تمہاری تصویر بناؤنگا۔ جس میں تمہاری آواز، تمہیں اور ساری دھرتی کو قید کر دونگا جانتی ہو تم سے الگ کوئی چیز نہیں۔ تم سے جدا کوئی نہیں ۔۔ یہ تصویر بھی تم سے الگ نہیں ۔۔ تمہارا شوہر بھی نہیں ۔۔ ہولی فادر بھی نہیں اور میں بھی نہیں ۔۔"

"تو کیا تم صرف میری تصویر بناؤ گے ۔۔؟ مجھے چھوؤ گے نہیں میرے قریب نہیں آؤ گے۔؟"

"نہیں! میں نے کہہ دیا نا تم سے کوئی جدا نہیں ۔۔ تم میرے بہت قریب ہو ۔۔ میں تمہیں چھو بھی رہا ہوں۔ دیکھ بھی رہا ہوں ۔۔" اور وہ بہت دیر تک کینواس پر نشان لگاتا رہا۔ پھر وہ ریڈی کہہ کر پلٹا ـــــــــ وہ جھونپڑی سے غائب تھی ۔۔

اس کے کپڑے ویسے ہی پڑے اسکی نیوڈٹی یاد دلا رہے تھے۔ ان کپڑوں کا کیا ہے یہ ہوتے ہی ہیں اترنے کے لئے۔ اگر یہ نہ اتریں تو قدرت کی مصوری پر سے ایمان نہ اٹھ جائے۔ اس نے اسے تلاش کرنے کی کوشش نہیں کی۔ اس نے کینواس کی طرف دیکھا۔ کینواس میں خلا تھا جس سے خود اسکی اپنی تصویر جھانک رہی تھی۔ اس نے دیکھا اس کے ماتھے پر کئی ہزار شکنیں ابھری ہوئی تھیں۔ اور رات کی گود اب بھی سونی تھی، اسے بلا رہی تھی۔ اس نے سوچا اس کے پاس جتنے رنگ ہیں سب اسی خلا میں جھونک دے جسمیں وہ خود سماتا جا رہا تھا ـــــ اس پر ساتوں رنگ تو آئے مگر..........

وہ کچے فرش پر نہ جانے کائنات کے کتنے رنگوں سمیت لڑھک گیا۔ کلائی سے گھڑی کھل کر بہت دور جا پڑی ــــ

ٹک ! ٹک ! ــــ سمئے ! وہ تو آگے بھاگ رہا تھا ــ

— • —

کشکول خالی ہے

میں ————!

میں وہ منظر ہوں جس کا کوئی پس منظر نہیں —— تاریکی اور اجالوں کے بیچ رہتا آیا ہوں اندھیرے سے پیار ہے، اجالوں سے ہمدردی۔ میں وہ بازار ہوں جہاں خریدار نہیں آتے —— اگر آجائیں تو کچھ خرید نہیں سکتے —— ! مانگنا —— ان کا نصیب ہے اس بازار نے اگر کبھی کچھ بیچا نہیں تو سب کچھ مانگنے والوں کے سپرد ضرور کر دیا لیکن میں —— کس سے کیا مانگوں —— میں تو ہمیشہ دیتا ہی آیا ہوں —— مجھے اچھی طرح یاد ہے وہ لڑکا —— !

گندمی رنگ تھا اس کا۔ ناک تھی اس کی سیدھی جیسے ریل کی پٹری، انگلی رکھو تو تو بس پھسلتی چلی جائے ناک کے اوپر دو دو آنکھیں تھیں۔ ان دو دو آنکھوں کے اندر بھی اسکی دو دو آنکھیں تھیں۔ اس کی پتلیاں۔ جن کی گردش اب بھی یاد ہے مجھے۔ نہ جانے

کیا کہتی تھیں۔ اس کی وہ پتلیاں ان کے تیکھے پن سے میں کچھ سہم سا گیا تھا۔ کان کی لوئیں پتلی پتلی لٹکی سی تھیں۔ بال خشک تھے، شاید شمپو کا چسکا تھا اسے اس عمر میں۔ بہر حال بالوں کے اوزان درست تھے۔

اس کے ہونٹوں کو خفیف سی جنبش ہوئی۔ وہ مجھ سے کچھ خریدنے آیا تھا۔ گرچہ اس کے لہجے میں گستاخی نہیں تھی، مگر ان پتلیوں میں احمقانہ رعونت ناچتی پھر رہی تھی، جس کی پرکھ میں بہت پہلے کر چکا تھا۔ میں نے اسے سامنے کرسی پر بیٹھ جانے کو کہا۔ میں جانتا تھا کہ میرے شاگرد جو زمین پر بیٹھے ہیں، جز بز ہو رہے ہوں گے۔ میں اس سے مخاطب ہوا۔

"بیٹے! میں جانتا ہوں تمہارے پاس بہت کچھ ہے تم شاید اپنی نئی کار پر چڑھ کر مجھ تک آئے ہو۔ بڑی خوشی ہوئی مجھے لیکن ایک بات کہنا چاہتا ہوں، شاید سن کر تمہیں بُرا لگے۔ وہ شخص چھوٹا ہے جس کے پاس کچھ نہ ہو اور مانگتا پھرے میں اس شخص کو کمتر جانتا ہوں جسے اپنے خون کی حرارت محسوس نہ ہو خون کی حرارت دنیا کی سب سے بڑی طاقت ہے لیکن وہ شخص بہت عظیم ہے جس کے پاس سب کچھ ہو مگر پھر بھی اس میں خریدنے سے زیادہ کچھ مانگنے کا ظرف ہو۔ دنیا میں ہر چیز نامکمل ہے۔ ہر چیز اپنے تکمیلی مراحل میں فنا ہو جاتی ہے۔ تمہارے پاس سب کچھ ہے مگر تم مکمل نہیں ہو۔ میں بھی مکمل نہیں۔"

اس نے جیسے سنی ان سنی کر دی۔ کرسی سے اپنی پتلیوں کی احمقانہ رعونت کے ساتھ اٹھا اور چل دیا۔ میں اپنے کام میں مشغول ہو گیا ــــ "sir" کتنی مٹھاس ہے اس لفظ میں ــ اس لفظ نے میرا نام چرا لیا تھا۔ چرا کر ایسی جگہ پھینک آیا تھا جہاں سے کوئی اسے واپس نہ لا سکے۔ ضرورت بھی کیا تھی۔ میرا خیال ہے نام سے چھوٹی چیز دنیا میں کوئی نہیں۔ sir ہی کافی تھا ــ sir میں Compound-interest نہیں بنا سکا۔ کل رات سے سر کھپا رہا ہوں ــ

"سر (sir) میں حساب تجارت میں بہت کمزور ہوں۔"

"سر جیومیٹری کی تھیوری ۲۶ اچھی طرح سمجھ گیا ۲۷ سمجھا دیجئے نا۔"

"سر حمید کہتا ہے لاس انجلس ویسٹ پاکستان میں ہے۔ میں تو کہتا ہوں یہ مدھیہ پردیش
کی راجدھانی ہے۔"

"سر کناڈا اور پنجاب کے گیہوں میں کیا فرق ہے۔؟"

"سر یہ شعر کس کا ہے ؎

ہیں اور بھی دنیا میں سخنور بہت اچھے
کہتے ہیں کہ غالب کا ہے اندازِ بیاں اور

معصوم انسان کتنا بھلا لگتا ہے۔ لیکن بچے کیا انسان ہیں، یہ تو صرف معصوم ہیں۔ انسان تو ہم سب ہیں مگر معصوم نہیں لیکن میری زندگی ان ہی معصوم اور بے جھجک سوالوں کا جواب رہی ہے میں اس کتاب کی طرح ہوں جو ایک بار کھلنے کے بعد کبھی بند نہ ہوئی۔ جس نے جب جہاں چاہا اپنے سوالوں کا جواب پالیا۔ کس نے مجھ سے کیا لیا اور کہاں چلا گیا، میں نے اسے یاد رکھنے کی کبھی کوشش نہیں کی ہو سکتا ہے یہ میری بہت بڑی کمزوری ہو یا پھر میری زندگی کا حسین سرمایہ۔ لیکن میرے خیال کے شیشے پر اب بھی وہ رعونت بھری پتلیاں جمی ہوئی ہیں۔ میں چاہتا ہوں کوئی ایک پتھر پھینکے اور یہ شیشہ چور چور ہو جائے۔ لیکن کانچ کی کرچیں بڑی بے رحم ہوتی ہیں رگ نس میں پیوست ہو سکتی ہیں۔ بس پھر سوچتا ہوں یہ شیشہ کبھی نہ ٹوٹے۔ نہ جانے ان پتلیوں میں کیا بات تھی جسے میں آج تک نہیں بھول پایا۔ نہ جانے کون سا سوال تھا جس کا میں جواب نہ دے سکا۔ میرے شاگرد ملک کے ایک کونے سے دوسرے کونے تک پھیلے ہوئے ہیں۔ سب کی یاد دل سے اس طرح اتر گئی جیسے کسی اوباش نے اپنے محبوب کو بھلا دیا ہو۔ مگر وہ گندمی رنگ والا لڑکا مجھے ابھی تک نہیں بھولا جو میرا کچھ بھی نہیں تھا۔

میں زندگی کے ساتھ بہت دور چلا آیا ہوں۔ الجبرا، ارتھمیٹک، جومیٹری، جغرافیہ سب کے سب میرے سینے میں کسمسا رہے ہیں۔ میں انہیں بانٹنا چاہتا ہوں۔ مگر کوئی مانگتا نہیں۔ میں جانتا ہوں کہ میں ایک زوال پذیر حقیقت ہوں۔ خون کی حرارت خلیوں سے اور توانائی جسم سے بیزار ہوتی جا رہی ہے۔ لیکن یہ اٹل بات ہے کہ ہر زوال ایک سبق ہے ایک آئینہ ہے۔ اب کوئی سبق نہ لے، آئینہ نہ دیکھے تو یہ خود فریبی ہے۔ یہ بھی اٹل ہے کہ میں مرد نکما نہیں۔ میری موت نہیں ہو سکتی۔ میری سانسیں مر سکتی ہیں۔ میری آنکھیں

مر سکتی ہیں، خلیوں کی موت یقینی ہے مگر میں نہیں مر سکتا۔ میں نے خود کو منتقل کر دیا ہے اوروں میں لیکن پوری طرح نہیں۔ اب بھی کچھ باقی ہے اسے بھی منتقل کرنا چاہتا ہوں، مگر کوئی مانگتا نہیں اور میں اسے بیچنے کا قائل نہیں، میں اسے بیچ نہیں سکتا!

اب زندگی کے اس موڑ پر آ گیا ہوں جہاں مجھ سے سب الگ ہو چکے ہیں، الجبرا، ارتھمیٹک جیومیٹری، جغرافیہ سب نے میرا ساتھ چھوڑ دیا ہے۔ اب میں ایک خالی کشکول ہوں، مانگنے والوں کی امیدوں کا مدفن۔ اب میں تاریکی اور اجالوں کے بیچ سے نکل آیا ہوں، جہاں ہوں وہاں صرف اندھیرا ہی اندھیرا ہے۔ کون آتا ہے اس اندھیرے میں۔ پوچھا تو اجالے کی ہوتی ہے۔ اندھیرے اور موت میں کچھ زیادہ فرق تو نہیں۔ اور موت سے سب ہی ڈرتے ہیں۔ جو نہیں ڈرتے وہ جھوٹ بولتے ہیں۔ اب مجھ میں ایک عجیب سی خواہش جنم لے رہی ہے میں نے کبھی کسی سے کچھ مانگا نہیں، کیوں نہ کسی سے کچھ مانگ لوں۔ لیکن میں اس قابل کبھی تو نہیں اور پھر وہ شخص چھوٹا ہے جس کے پاس کچھ نہ ہو اور مانگتا پھرے۔ مانگنے کی خواہش کو اس کشکول نے دبا دیا جو خالی تھا۔

میرا وجود سکڑتا جا رہا ہے، بالکل اس بلاڈر کی طرح جس کے سوئی چبھ گئی ہو۔ میرے اندر جتنے تضاد تھے ایک ایک کر کے فنا ہو رہے ہیں۔ دکھ سکھ، چھوٹا بڑا، آسمان زمین، آگ پانی، محبت فطرت دوست دشمن سب کے سب آپس میں گڈمڈ ہو کر سکڑتے جا رہے ہیں۔ انہیں الگ کرنے کی قوت سلب ہو چکی ہے، لیکن میں پھر بھی زندہ ہوں۔ کس لئے صرف جینے کے لئے!

لیکن آج! آج میرے پاس کوئی آیا ہے۔ وہی گندمی رنگ، وہی ناک، وہی بال، وہی دو آنکھیں۔ مگر ان کی پتلیاں! ان میں پہلی سی بات نہیں۔ وہ اپنے ساتھ اپنا بچپن بھی لایا تھا۔ بچپن جو پندرہ سال تک اس کے ساتھ رہا تھا، مگر اس میں ان پتلیوں کی کمی تھی پتلیاں نہ چڑھی تھیں نہ کھنچی تھیں، بالکل ٹھیک اپنی جگہ پر چپکی ہوئی تھیں۔ وہ کہہ رہا تھا۔

"سر (Sir) آج میں دس کاروں کا اکیلا مالک ہوں۔ مگر آج میں آپ سے کچھ خریدنے نہیں، مانگنے آیا ہوں۔ میرے بچے کو اپنی شاگردی میں لے لیں۔" اس وقت وہ مجھے بالکل معصوم لگا، چھوٹا سا بچہ۔ شاید کسی جذبے نے اسے اس قدر معصوم بنا دیا تھا۔ حقیقت

اس کے سامنے تھی بے بس منہ لٹکائے ہوئے اب میرے پاس دینے کو کچھ بھی نہ تھا۔ اب کشکول خالی ہے۔ اس کی ناسمجھی اور معصومیت کا میرے پاس کوئی جواب نہ تھا۔ میرے اندر کی ہر چیز مر چکی تھی۔ سوال اور جواب بھی ۔۔۔ صرف میں زندہ تھا۔ جواب نہ پاکر وہ دو پتلیاں آہستہ آہستہ میری طرف بڑھنے لگیں۔ میرے اندر زندگی کی ہلکی سی رمق پیدا ہوئی اور میں نے ان پتلیوں سے ایک قیمتی شے مانگ لی۔ وہ گھبرا گیا۔ اس کا بچپن سہم کر اسکے پیچھے چلا گیا۔ اس کی پتلیاں بہت دیر تک ناچتی رہیں اور تھم گئیں۔

میں ناامید ہو گیا۔ میں نے پہلی بار کسی سے کچھ مانگا تھا۔ میں اپنی نظر میں بھی چھوٹا ہوتا جا رہا تھا۔ لیکن نہیں، اب وہ میری قتل کی تیاری کر رہا تھا۔ میں نے اپنی موت مانگی تھی اس سے۔ وہ مجھے ضرور دیگا۔ اس نے گردن سے اپنی ریشمی ٹائی کھول لی ہے۔ اس کا بچپن کچھ نہ سمجھتے ہوئے بھی سمجھنے کی کوشش کر رہا ہے۔ اس نے ٹائی کی پھانس بنا کر میرے گلے میں ڈال دی ہے۔ اب وہ اپنے مضبوط ہاتھوں سے ٹائی کی دونوں سرے پکڑ کر کس رہا ہے۔ ٹائی کی پھانس میری گردن پر تنگ ہوتی جا رہی ہے، میری زبان باہر نکل آئی ہے، گلے سے عجیب و غریب آواز نکل رہی ہے۔ اس کا بچپن اب میرے سامنے کھڑا رو رہا ہے۔ اس کی آنکھیں بند ہیں۔ ان آنکھوں میں وہ پتلیاں بھی بند ہیں، جن سے تم کبھی ڈرا نہیں۔ اور اب کسی لمحہ میں خود ان پتلیوں میں جا بسوں گا ۔۔۔!

کاٹھ کے پتلے

یہ دوکان ہے!

اس دوکان میں کاٹھ کی بنی ہوئی چیزیں بکتی ہیں۔

جہاں کاٹھ کی بنی ہوئی چیزیں بکتی ہیں، وہاں ایک عجیب سی خوشبو رچ بس جاتی ہے۔ وہاں ایک ٹھہراؤ پیدا ہو جاتا ہے۔ ایک گمبھیرتا بیچنے اور خریدنے والے کے چہرے سے جھانکتی ہے۔ خریدنے والا دام کے بوجھ سے دبا نظر آتا ہے۔ بیچنے والا اپنے ضمیر کے جھٹکے کا خوف نہیں کرتا۔ کیونکہ ان دونوں کے درمیان منافع کا دیو سانس نہیں لیتا۔ لین دین ایسا ہوتا ہے کہ زندگی کے راگوں کا تار ٹوٹتا نہیں ہے۔ زندگی اپنے لباس میں مست آگے کی طرف بڑھتی جاتی ہے — اور بس —!

یہ دوکان ہے —

اس دوکان میں کاٹھ کی بنی ہوئی چیزیں بکتی ہیں۔

اس دوکان میں کاٹھ کی ایک چوکھٹ ہے۔ چوکھٹ کے کناروں پر پیتل کے بیل بوٹے منڈھے ہوئے ہیں۔ سورج کی تپتی ہوئی روشنی اسے سونا بنا بنا کر آتے جاتے مسافروں پر اچھالتی جاتی ہے۔ لیکن ان کے ہونٹوں میں کلبلاہٹ کی جگہ ایک سکون کو جگا دیتی ہے یہ۔ اس سکون کو مسافر اپنے گھر دن تک لیجانے میں کبھی نہیں لپکتے۔ کیوں کہ اس پیتل کے پیچھے نرم لکڑی کی ٹھنڈ جاگتی ہوتی ہے اور یہ ٹھنڈا ہر کوئی ٹھنڈ نہیں ہوتی۔ اور بس!

یہ دوکان ہے۔

اس دوکان میں کاٹھ کی بنی ہوئی چیزیں بکتی ہیں۔

دوکان میں کاٹھ کا ایک دروازہ ہے۔ دروازہ بند ہے خریدار آکر اسے کھولتے ہیں اور بند کرتے ہیں پھر چلے جاتے ہیں۔ ہفتوں سے اسے کسی نے خریدا نہیں ہے۔ شاید یہ دروازہ غلط بن گیا ہے جو کسی گھر کے ناپ پر پورا نہیں اترتا اور اس میں فٹ نہیں ہو پاتا۔ یا پھر غلط بن رہے ہیں۔ لکڑی کو نپا کر موڑا نہیں جا سکتا۔ لوہے کو گرما کر موڑا جا سکتا ہے۔ اور اپنے غلط گھر میں بھی فٹ کیا جا سکتا ہے۔ لکڑی کے اس دروازے میں آخری کیل ٹھونک کر ایک طرف کر دیا گیا ہے۔ اب اسے کوئی کھول نہیں سکتا، کوئی بند نہیں کر سکتا۔ دیکھو اور چلے جاؤ ــ خریدو، اٹھالے جاؤ ــ اور بس!

یہ دوکان ہے۔

اس دوکان میں کاٹھ کی بنی ہوئی چیزیں بکتی ہیں۔

اس دوکان میں کاٹھ کی ایک کھڑکی ہے جو منتظر ہے کہ کوئی اس سے آکر جھانکے، مگر کوئی آیا نہیں ــ یہ کاٹھ کی ہے اس لئے اسے کوئی جلدی بھی نہیں نہ اسے گرم ہوا کے جھونکے سے چٹخنے کا ڈر نہ سرد ہوا سے گلنے کا خوف۔ کیا ہوگا کسی کے گھر سے لگ کر بھی جس گھر میں جائے گی جوڑا جکوں، رومیو اور سمارٹ تان سین کی روح حلول۔ تانوں کا خوف لے کر مرے گی۔ اس طرح بھی جی لیتی کیونکہ اس کے دل میں شانتی ہے، وہ لکڑی کی بنی ہے اور شانتی کا جوار بھاٹا اسے چھو کر بھی نہیں گذرا۔ لیکن ڈر اسے اس بات کا ہے کہ جس گھر میں وہ جائے گی وہ راجوں اور مہاراجوں کا گھر ہوگا۔ ایسا وثوق کے ساتھ وہ اس لئے سوچتی ہے کہ اس کی ساخت ہی کچھ اس قسم کی ہے اور اس لئے بھی وثوق سے کہتی ہے کہ اسے جب کھڑکی کے قالب میں ڈھالا گیا تھا تو اسے چھیل چھال کر ہی دوکان میں سجا نہیں دیا گیا تھا۔ بلکہ اسے ہزار طرح کی اذیتیں پہنچائی گئی تھیں اور اس وقت اس کی ایک مرحومہ سہیلی نے جسے اس لئے جلا دیا گیا تھا کہ لاکھ کوشش کے بعد بھی اس کے

بدن پر ابھارے گئے نقش و نگار گاہک کی پسند کو چھو نہ سکے تھے۔ "مسکرا کر کہا تھا۔ تکلیف زیادہ ہو رہی ہے نا۔ ضرور رانی بنوگی۔ اور رانی بننے کی ڈر سے وہ لرزاں تھی کیونکہ جیسے ہی وہ رانی بنی اس کے نرم دل میں لوہے کی موٹی موٹی چھڑ چبھو دی جائے گی اور وہ صدیوں اس کرب سے چیختی رہے گی۔ اس کے نیچے جھانکنے والے چہرے کبھی اسے محسوس نہ کر پائیں گے۔ اور بس!

یہ دوکان ہے۔

اس دوکان میں کاٹھ کی بنی ہوئی چیزیں بکتی ہیں۔

یہاں کاٹھ کی ایک رادھا ہے، ایک کرشن ہے، کاٹھ کی بانسری ہے، کاٹھ کے ہونٹوں میں دبی ہے۔ کرشن پر نظر پڑتے ہی گاہکوں کے روم روم میں رادھا تک جانے والے پنگھٹ کے گیت ٹھنڈ کی طرح اتر نے لگتے ہیں۔ کاٹھ کی رادھا ایک مکمل کرشن کو تاکے جاتی ہے اور اسوقت تک تاکتی رہے گی جب تک وہ بک نہ جائے۔ کون خریدتا ہے رادھا اور کرشن ایک ساتھ۔ لوگ کرشن کو سنتے ہیں اور رادھا کو دیکھ بھال کے بعد خرید لیتے ہیں اور بس!

یہ دوکان ہے۔

اس دوکان میں کاٹھ کی بنی ہوئی چیزیں بکتی ہیں۔

لکڑی کا ایک "تاج محل" ہے اور اس کے اوپر لکڑی کا ایک سرد چاند ٹنگا ہے۔ اسے دیکھنے والے وہ لوگ ہیں جو خیر سگالی کے مشن پر آئے ہیں کاٹھ کی ملکہ الزبتھ، مسز جیکولن، کینیڈی، شاہ سعود، خروشچیف بوری گگارین ہیں سب کے سب کاٹھ کے۔ ماڈل کے دام ہزار سے کچھ اوپر ہیں۔ اور بس!

یہ دوکان ہے۔

اس دوکان میں کاٹھ کی بنی ہوئی چیزیں بکتی ہیں۔

کاٹھ کا ایک بڑا چرخہ ہے۔ اس دوکان میں چرخے کے چکوں سے ریشمی ڈوری لپٹی ہے۔ ڈور چکوں پر پھیلتی جاتی ہے۔ گاہک آتے ہیں چکوں کو گھماتے ہیں، ریشمی ڈوریاں ناچتی ہیں، بہت خوب ناچتی ہیں پھر پھر۔ پھر پھر۔ گاہک اسے خریدنا چاہتا ہے للا بھائی جو اس دوکان کا مالک ہے اسے نہیں بیچتا۔ کیونکہ اس نے اسپیشل آرڈر دے کر اسے باباجی کی یاد میں بنوا لیا تھا، جس کے ایک اشارے پر اس کے اپنے بابا نے اسے اور اس کی ماں کو سدا کے لئے تیاگ دیا تھا وہ گھر سے ماں کی چوڑی بیچ کر گئے تھے اور بس!

یہ دکان ہے۔ !

اور اس دوکان میں کاٹھ کی بنی ہوئی چیزیں بکتی ہیں۔

دوکان میں گز بھر کا ایک "کھڑاؤں" ہے۔ ہاتھی دانت کے ٹکڑے کھڑاؤں کے اوپری حصے میں اس طرح دبائے گئے تھے کہ اس پر دھوپ اُگ آئی تھی، پہاڑ کھڑے ہو گئے تھے، ندیاں بہہ نکلیں حاشیوں پر لال گلاب کی ٹھنڈک پھیل گئی۔ کھڑاؤں کھونٹی دار ہے کھونٹی کا سر لٹو کا سا ہے جس پہ پاؤں بھر پیل منڈھ کر بہت زیادہ بھاری اور گول کر دیا گیا ہے۔ سنہرے پیتل پر چاندی کے رنگوں سے دنیا کا ہر دیش ابھارا گیا ہے۔ جہاں ہندوستان ہے وہاں سے امن کا کبوتر اڑتے دکھلایا گیا ہے۔ لوگ کاٹھ کے اس کھڑاؤں کو انسانی ہاتھ کا نمونہ سمجھ کر دوکاندار سے کسی قیمت پر چھین لینا چاہتے ہیں۔ لیکن گاہک نہیں جانتے کہ لالہ بھائی اسے بیچ نہیں سکتا۔ ہاں لالہ بھائی نے اس کھڑاؤں کو چومنے کی اجازت دے دی ہے اس کھڑاؤں میں اس کے باپ کے گرو کی شانتی جھانکتی ہے۔ اہنسا چھپی ہے اور پھر اس کی خود اپنی اٹوٹ شردھا بھی اس سے جکڑی ہوئی ہے — آؤ اللہ کے بندو لکڑی اور کھڑاؤں کے روپ میں جو آدرش تمہارے سامنے کھڑا ہے۔ اس کے سامنے اپنا مستک ٹیک دو، یہ مہان ہے۔ لوگوں کو تعجب ہے ایک چیز دوکان میں سجی ہو اور بک نہیں سکتی۔ بدھو پن ہے اور بس !

دو اکتوبر سے کچھ روز پہلے !

وہی دوکان ہے جس میں کاٹھ کی بنی ہوئی چیزیں بکتی ہیں۔ دوکان میں آگ لگ چکی ہے، چوکھٹ دروازہ، کھڑکی، رادھا، کرشن، تاج محل، خیر سگالی پر اڑتے ہوئے لوگ سب کے سب جل چکے ہیں۔ لالہ بھائی کی آواز بند ہو گئی ہے، وہ تقریباً آگ بجھاتے بجھاتے نڈھال ہو چکا ہے، وہ اس عظیم کھڑاؤں کو بچانے کی زبردست اور آخری کوشش کر رہا ہے اور لگ رہا ہے بچا بھی لے گا مگر دو آدمی آ جاتے ہیں —

"کیوں لالہ بھائی، لکڑی سے بہت سونا پیدا کر لیا اب کیا کرو گے بچا کر اور بیچ کر" پھر ایک آدمی لالہ بھائی کو پٹک کر گلا گھونٹنے کی کوشش کرنے لگتا ہے، لالہ بھائی سخت جان نکلا۔ دوسرے آدمی نے کہا۔ "جلدی کرو بھائی اب سمے نہیں رہا اپنے پاس" پہلے نے کہا۔ "کیا کروں یہ رب کی جات مادر.......
مرتا ہی نہیں تم بھی کچھ کرو" پھر دوسرا آدمی لپک کر وہ وشال کھڑاؤں اٹھا لیتا ہے۔ اور اس کھڑاؤں کی کھونٹی کا لٹو لالہ بھائی گُد میں اترتا چلا گیا — ریشم کی ڈوری گلے سے لپٹ کر تنگ ہوتی چلی گئی — !

یہ دوکان ہے —

یہاں کاٹھ کی بنی ہوئی چیزیں بکتی ہیں —

یہاں ایک کاٹھ کا الّو ہے۔ دوسری دنیا سے بلایا گیا ہے۔ کھاتا ہے نہ پیتا ہے۔ کاٹھ کے مگرمچھ ہیں۔ کاٹھ کے آنسو ہیں۔ کاٹھ کے پہاڑ پر کاٹھ کا شیو بیٹھا ہے۔ شیو کے کاٹھ کی جٹا ہے۔ جٹا سے کاٹھ کی گنگا بہہ رہی ہے۔ کاٹھ کا ایک لمبا اور کالا آدمی گنگا کے سینے پر لوہے کی کیل ٹھونک رہا ہے۔

اور بس! —

اور بس! —

لکڑی کے پاؤں والا آدمی

یہ ایک خوبصورت وادی کی کہانی ہے۔

اس وادی میں جس نقطے پر چار پگڈنڈیاں ملتی ہیں۔ وہاں ایک بدیسی طرز کا باغ بالکل تنہا بسا ہے۔ اس کاٹج کے دروازے ان چار پگڈنڈیوں سے گزر کر آنے والوں کے لیے ہر لمحہ کھلے رہتے ہیں۔ یہ کاٹج ایک "دیشیا" کا ہے۔ اس کے اطراف کی زمینوں کی مالکہ بھی وہی ہے۔ کاٹج اور اس کی حفاظت کیلئے اس نے چند پیادے بحال کر رکھے ہیں۔ زمینوں کی دیکھ بھال بٹائی دار ہی کیا کرتے ہیں۔ وہ تنہائی کی زندگی سے بہت خوش ہے لیکن پھر بھی وہ ان پگڈنڈیوں کو کبھی کبھی بے تحاشہ گھورتی ہے اور خوب قہقہے لگاتی ہے۔

کہا جاتا ہے کہ وہ اپنے پیشے سے بہت مطمئن تھی۔ اس کے کاٹج سے ملحق ایک اچھا خاصا ڈرائنگ روم تھا۔ اس کی کھڑکیوں پر کالے دبیز پردے پڑے ہوئے تھے۔ اس ڈرائنگ روم میں بہت ہی مخصوص لوگ

آنے جاتے تھے۔ بلکہ لوگوں کو ڈرائینگ روم میں داخل ہوتے اور نکلتے شاذ و نادر ہی دیکھا جاتا تھا۔ ایک معتبر شخص جس کے پاؤں لکڑی کے تھے اور وہ ویشیا کو بہت نزدیک سے جانتا تھا، اس کا کہنا ہے کہ اس ڈرائنگ روم میں ایک بلیک بورڈ تھا اور اس کے علاوہ اس میں ایک ننھا طالب علم تھا۔ طالب علم اس ویشیا کا اپنا بیٹا تھا بظاہر وہ کئی باپوں کا بیٹا تھا، اس لیئے کوئی بھی اس پر "حق پدری" نہیں جتا سکتا تھا۔" ویشیا" اس اتفاق سے بے حد مسرور اور پر غرور نظر آتی تھی۔

وہ ننھا طالب علم برسوں اس سیاہ تختی کے سہارے پڑھایا گیا، اسے سیاہ تختی پر ہرے، پیلے، سرخ، اور نیلے چاکوں سے بتایا جارہا تھا کہ جس مقام پر وہ جنتوں سے گھرا ہوا ہے۔ لیکن کالے پردوں کو ہٹا کر جنت دیکھنے والوں کی آنکھیں اندھی ہو جایا کرتی ہیں۔ آنکھیں اندھی ہوگئیں تو ان خوبصورت سیاہ پردوں کو تا عمر نہ دیکھ پاؤ گے۔ ان جنتوں سے لطف اندوز ہونے بھانت بھانت کے لوگ آتے ہیں۔ ایک دلچسپ بات یہ ہے کہ یہاں مردکم مگر ادھیڑ سے کچھ کم کی عورتیں اور لڑکیاں زیادہ تعداد میں آتی ہیں۔ شاید اس لیے کہ پراچین یگ میں کپڑوں کا اکال پڑا تھا۔ اور دیوی دیوتاؤں نے گپھاؤں میں ایک دوسرے کو بن کر عرفانِ ذات کی ننگی اور بے قید شہادت دی تھی۔ ان کی نشانیاں کھنڈروں میں ابتک موجود ہیں۔ گرچہ لکڑی کے پاؤں والے شخص کے اس بیان پر شک واجب تھا مگر اس کا کیا کہ کبھی کبھی اپنا ہی کوئی لمحہ نقاب پوش بھی ہوا کرتا ہے بہر کیف اس شخص کے حوالوں کے مطابق ایک وقت وہ آیا جب کالے پردوں کے پیچھے پلا ہوا وہ طالب علم آہستہ آہستہ بہت ہی ذہین ملا کا خوبصورت اور گٹھیلا بن چکا تھا۔

ایک اگتی ہوئی شام کو ________

ڈرائنگ روم میں ایک عورت اور کئی لڑکیاں در آئیں۔ ان کے معزز ہونے میں دو رائے نہ ہو سکتی تھی۔ اس شام طالب علم نے انوکھے لمسوں سے لپٹا ہوا اپنا سبق سیکھا۔ وہ سبق جو اسے کئی طرح سے گیلا اور مرطوب کر گیا، اگتی، ڈوبتی شاموں کے سلسلے ٹوٹ بن کر رہ گئے اور اسباق پھیلتے رہتے.....

اور ایک دن ____ اس طالب علم کی یعنی اس ویشیا کے بیٹے کی امبسٹرلِن کے زخموں سے دبی ہوئی لاش اس ڈرائنگ روم میں گرگئی۔ ویشیا ڈرائنگ روم میں داخل ہوئی، شراب کا ایک پیالہ بھر اور لاش کے ہونٹوں سے چھوا کر خود پی گئی اور نوٹوں کا ایک ہار اس کی انگلیوں کے بیچ پھنسا دیا اور خود کو ایک نغمہ آلود رقص کیلئے تیار کیا، سازندوں نے احتجاج کیا مگر پاؤں تھے کہ اٹھ ہی گئے۔

رقص کے دوران سیاہ تختی اُلٹ گئی۔ اس کی پشت پر بیٹھی ایک بلند قامت ننگی اور حسین ایک ادھیڑ عمر پختہ مرد کے برہنہ سینے پر برش سے "پستان" ابھارنے میں مصروف ہے۔ ایک پستان ابھر چکا ہے۔ دوسرا اس کی برش کی نوک پر ہے۔ لیکن اس کی نظر اپنی کٹی ہوئی چھاتی پر اس انداز سے مرکوز ہے کہ دیکھنے والا شاید ہی تاب لا سکے۔ فنکار نے اسٹیج کا کوئی نام نہیں دیا تھا اور خود اپنا نام بھی دینا بھول گیا تھا۔ سنا گیا ہے کہ عظیم فنکار اپنی تخلیق پر اپنے نام کی مہر ثبت نہیں کرتے کہ تخلیق ہی ان کا نام ہوا کرتی ہے۔

وہ رقص شاید ویشیا کے پیشے کا آخری رقص تھا۔ اب وہ بہت پرسکون ہے۔ صرف کبھی کبھی پگڈنڈیوں کو بے تحاشہ گھورتی ہے اور خوب قہقہے لگاتی ہے۔ اس معتبر شخص نے اتنا ہی کہہ کر کچھ تاکید کی ــــ "میں اس حرامزادی کے قہقہے چھین کر آتا ہوں میرے محترم سامعین! تم سب میرا انتظار کرنا ــــ" وہ لکڑی کے پاؤں بجاتا کاٹج کی جانب روانہ ہو گیا۔

ہم اس کی واپسی کا تادیر انتظار نہ کر سکے کہ تمام لمحے نقاب پوش نہیں ہوتے اور لکڑی کے پاؤں والا آدمی کبھی معتبر نہیں ہوتا۔

ساتواں بوڑھا

اور ــــ

جب میں مٹی چاٹ رہا تھا ــــ

میری کدال سے بنی زبان نہ جانے مٹی کی کس تہہ میں داخل ہو چکی تھی کہ اس وقت عین اس وقت ایک توتلی سی چیخ میرے حواس پر قابض ہو گئی ـــ میں تسلط کے لمسوں سے بھر پور آشنا بھی نہ ہو سکا تھا کہ وہ چیخ لفظوں کے خول میں داخل ہو گئی ـــ آ گئے ـــ سب کے سب آ گئے ـــ سب کی پیٹھ پر کچھ نہ کچھ لدا ہوا ہے۔ چھٹے کے بعد ہی ساتواں بوڑھا ہے۔ اسے آگے بڑھنے سے روکو کہ اس کی پیٹھ پر میری موت کا مفلوج فرشتہ لدا ہے۔ مجھے ہر ساتویں چیز سے نفرت ہے۔ میں اپنے ساتویں بچے کو کبھی جنم نہیں دوں گی میں اس کا قتل کرتی رہوں گی۔ اس وقت تک جب تک کہ میری کوکھ بنجر نہ ہو جائے اور اگر عالم نزع میں وہ اس دنیا میں داخل ہو گیا تو میں اسے ہرگز بوڑھا نہ ہونے دوں گی کیونکہ اس کی پشت پر میری موت کا مفلوج........

اچانک پھر الفاظ میں چیخ ـــــ توتلی چیخ میں تبدیل ہونے لگے اور اب چیخ خاموشی بن کر بند کر نکلی دیواروں سے ٹنگ گئی اور میں پھر سے مٹی چاٹنے کا یہ لذیذ عمل میرے تپتے احساس کو ننگے کھوکھلے تنکوں کے سیاہ جنگل اور کالی بو کی ندی سے گزر کر بار بار ایک انجانی اور بھیانک کھائی کی طرف

روانہ کر دیا۔ بھیانک کھائی میں داخل ہو کر میری بھرپور کوشش ہوئی کہ اس کھائی میں ایک ایسی "بھول بھلیاں" بازیافت کر دوں جسکے حوالے میں اپنا سارا وجود کر سکوں۔ مگر کھائی ـــ سرد کھائی میرے وجود پر نامہربان سانسوں کا ڈھیر ہی لگاتی چلی گئی ـــــــ نہ جانے وہ کون نیک یا بد گھڑی تھی جب سفید پگڑی والا جوتشی دو پیسے کے عوض وہ سب کچھ بتا گیا جس کا نشان ہاتھ کی ریکھاؤں میں دور نہیں ـــ "شادی کے ساتویں مہینے ساتواں بوڑھا آئیگا۔ اپنی کبڑی پیٹھ پر کچھ اٹھائے ہوئے ـــ اسے قریب نہ پھٹکنے دینا کیونکہ اس کی پشت پر"...
..... وہ اس یک طرفہ فیصلے کی تاب نہ لاسکی اور وہ اجلی پگڑی والا جوتشی پیروں میں گول سکوں کے پہیے لگا کر نہ جانے کس طرف اڑ گیا ـــ لوگوں نے میرے سامنے مشوروں کی ایک لمبی چٹائی بچھا دی اور میں سجدہ کرنے پر مجبور ہو گیا۔

اور پھر اسے لیکر ایک دن ڈاکٹر کے چیمبر میں پہونچ گیا۔ ڈاکٹر کے ناخن لمبے لمبے تھے مجھے ایسا لگا کہ وہ ڈاکٹر آدمی کا علاج نہ کرتا ہے بلکہ سلیفونوں کے پیٹ چاک کیا کرتا ہے۔ میں چیمبر اور ڈاکٹر کا بھرپور جائزہ بھی نہ لے سکا تھا کہ چینا ئر کے ساتھ "ساتواں بوڑھا" داخل ہوا لمبے لمبے ناخن والا ڈاکٹر اور ساتویں بوڑھے کی جنگ شروع ہو گئی میں نے دیکھا ناخن والے ڈاکٹر نے ساتویں بوڑھے کا بوجھ اپنی پیٹھ پر منتقل کر لیا اور ساتویں بوڑھے نے انگلیوں میں لمبے لمبے ناخن لگائے اور ایپرن پہن لیا۔ پتہ نہیں میری بیوی نے یہ منظر دیکھا بھی یا نہیں کیونکہ ساتویں بوڑھے کے خوف سے پہلے ہی اس کی آنکھیں پپوٹوں میں سما چکی تھیں ـــ ہاں تو مسئلہ بہت گمبھیر ہے "DONT TAKEIT"
ـــ تو ـــ ؟

اب میری بیوی کی آنکھیں کھل چکی تھیں ـــ

تو ـــ ان کا CASE HISTORY بتایئے ـــ کوئی کیس نہیں کوئی ہسٹری نہیں" میرے اس جواب پر اس نے لمبے ناخن میز پر گاڑ دیئے۔ "نسخہ لے جاؤ" التجاؤں کی آستین میں چھپا ہوا یہ حکم مجھے سانپ جیسا لگا میرے لفظوں نے بھی اسے پہچان لیا تھا۔ میں نے نسخہ لینے سے انکار کیا ـــ "تم وہ نہیں جو تم تھے فیس واپس کر دو بیس ـــ تیس ـــ چالیس ـــ" نہ جانے روپوں کے اعداد شمار میں کب تک الجھتا رہا ادھر نسخہ میری بیوی پر مکمل طور پر حاوی ہو چکا تھا ـــ اب وہ کچھ نہ تھی محض ایک چیخ تھی ایک نسخہ تھی جس پر ساتویں بوڑھے کی پیٹھ آہستہ آہستہ پھیل رہی تھی ـــ اب کہیں کچھ خالی نہ تھا بوڑھے کی پیٹھ نے نسخے کو چاروں طرف سے گھیر لیا تھا "آگیا۔ آگیا ـــ "ساتواں بوڑھا" .... دیکھو میری روح اس کی پیٹھ پر جیکی پرواز کر رہی ہے...
...... میں نے بہت کوشش کی اور اپنے اندر بہت کچھ جمع کیا ـــ اس اجتماع میں شامل تھا راجبر

اور میری ہمت۔ یقین کرو ساتویں بوڑھے کی پیٹھ میں اتنی شکتی نہیں کہ تم تک آجائے۔ اور یہ بھی جان لو کہ جب تک میں زندہ ہوں وہ بوڑھا تمہاری طرف ایک قدم بھی بڑھا نہیں سکتا۔ ساتویں بوڑھے سے پہلے چھٹا بوڑھا ہے اور اس کی پشت پر میری موت کا مفلوج فرشتہ سوار ہے۔ جب تم اپنی انگلیاں گنو گی تب تو ساتویں انگلی چھٹی کے بعد ہی آئے گی۔"

میں نے چھٹے بوڑھے سے ساتویں بوڑھے کو شکست دینے کی کوشش کی مگر یہ بوڑھوں کا دیش ہے یہاں بوڑھا ہی جیتے گا۔ "وہ بضد تھی۔ پھر ایسا ہوا کہ ایک دن چھٹا بوڑھا مجھے اٹھا کر سدا کے لیے ایک بے نام سی جگہ پر لے آیا۔ وہ بے نام سی جگہ کون سی جگہ تھی۔ چھٹا بوڑھا ہی جانتا تھا۔ میں نے اس سے پوچھا بھی تھا تو وہ صرف اتنا ہی بتا سکا کہ اسے کچھ نہیں معلوم۔ وہ نمبروں پر چلتا ہے نمبروں پر آتا ہے۔ بھیتا ہے اور سوکھتا ہے اتنی ہی تھی اس کی کہانی۔ میں نے بے حد کوشش کی کہ اس جگہ کے بارے میں کچھ جان سکوں اس جگہ کے بارے میں مگر کون بتائے۔ میں بڑی بے چینی کے ساتھ ساتویں بوڑھے کا انتظار کرنے لگا۔

اچانک اس بے نام سی جگہ کے ایک دور دراز کونے سے ایک بوڑھی کھانسی کی آواز آئی۔ جانی پہچانی آواز۔ میں بے تحاشہ اس کونے کی اور بھاگا شاید وہ آگئی ہو۔ انتظار کی گھڑیاں ختم ہوئیں بے نام سی جگہ کو شاید اب نام ملنے والا ہو۔ وہ ساتواں بوڑھا ہی تھا۔

"تمہاری پیٹھ کا مسافر کہاں ہے بابا؟"

بوڑھے کی نحیف آواز ابھری۔

"۔۔۔ میرے بچے میں دیش ہار گیا میری شکست ہو گئی۔

بہت تھک چکا تھا۔ واپس لوٹ آیا۔ کیونکہ اب وہ ساتویں بوڑھے سے نہیں ڈرتی۔ کسی بوڑھے سے نہیں ڈرتی!!!"

مٹی چاٹنے کو میری زبان باہر نکل آئی مگر مٹی تو تانبا بن چکی تھی۔

ذوالنون

کچھ یاد نہیں پڑ رہا ہے کہ اس شخص کا کیا نام تھا۔ کبھی کبھی خیالوں کو ایک نقطے پر بٹور کر میں غور و فکر کرتا تو ایسا محسوس ہوتا کہ اس شخص سے یا تو میرا گہرا سمبندھ ہے یا پھر بہت باریک غیر واضح اور لمحاتی تعلق۔ ہاں یاد آیا شاید "سپن مہرا" نام بتایا تھا اس نے ایک ہی ملاقات میں کلیجے میں لاتعداد چبھن کا انبار لگا کر چلا گیا تھا وہ۔ ہر پل، ہر لمحہ اس کی چنتا۔ اسی کی کھوج۔ کیا ہوا تھا۔

یہی ہوا تھا کہ میں اور وہ ریل کے ایک ہی کمپارٹمنٹ میں ہم سفر تھے۔ وہ میرے سامنے والی نشست پر بیٹھا تھا۔ ٹرین کی کپکپاہٹ کا نشہ جب اس کے رگ و ریشے میں سمانے لگا تو اس نے پناما سگریٹ کو داہنے ہاتھ کی انگلیوں میں دبایا اور بائیں ہاتھ سے اپنی جیب ٹٹولنے لگا۔ میں سمجھ گیا ماچس نہیں تھی۔ شاید اس کے پاس۔ میں نے اپنی جیب سے ماچس کی ڈبیہ نکالی اور ایک تیلی جلائی۔ تیلی کی فاسفوری لو کے گرد دونوں ہاتھ کی ہتھیلیوں کا کٹورا بنایا اور اس کے آگے بڑھا دیا اس نے ایک پھونک ماری اور تیلی بھک سے بجھ گئی۔ میں نے ہاتھ کی ہتھیلیوں کا کٹورا توڑ کر ہاتھ پیچھے کیا اور کھینچ لیا۔ میرے گالوں پر جیسے دو موٹے موٹے کیچوے رینگنے لگے۔ شاید میری یہ حرکت اسے ناگوار لگی تھی۔ میرے چہرے پر افسردگی کی ہلکی سی پرت کو اس نے تاڑ لیا تھا۔ آہستہ آہستہ اس کے اندر کا نیکل اس کے ہونٹوں پر چڑھ آیا۔ وہ متبسم تھا۔ اس کے لبوں کا رشتہ ٹوٹا۔ "میں ہمیشہ معصوم اور مخلص دلوں کی ٹوہ میں رہتا ہوں اگر کہیں مل جائے تو اسے بڑی متانت اور سنجیدگی سے دور کر دیتا ہوں۔ کیونکہ اس فعل سے میری شریانوں میں گردش کرنے والے تیزابی لہو کو بڑی شکتی ملتی ہے۔ ویسے عادتاً لمگے کی آگ سے سگریٹ نہیں سلگاتا۔"

پھر یہ ہوا کہ اس نے پنا ما کا پورا ڈبہ چبا کر کھڑکی سے باہر پھینک دیا۔ اور اس کے ہونٹوں پر ان گنت لمحوں کی موٹی سی بھدی سی چپ لگ گئی۔ اس کی بھدی سی چپ نے سفر کے بے شمار لمحے غیر محسوس طور پر نگل لئے۔ یک لخت پورا کمپارٹمنٹ انجن کے خارج شدہ دھوئیں سے بھر گیا۔ دم گھٹنے لگا۔ شاید انجن بریک لے رہا تھا جب دھواں ختم ہوا تو دیکھا سپن ہرا سامنے کی نشست سے غائب تھا گاڑی میرے جلنے پہچانے اسٹیشن پر کھڑی تھی۔ یہاں میں ویلفیئر آفیسر کی حیثیت سے کئی سال گزار چکا تھا۔ سپن ہرا کی انوکھی ریل پٹریوں پر پھسلتی ہوئی شخصیت سے گہری دلچسپی نے مجھے اس بات پر مجبور کیا کہ میں وہاں کے انچل ادھیکاری سے اس کے متعلق خط و کتابت کر دوں۔ انچل ادھیکاری کے خطوط سے جو کچھ بھی معلوم ہوا وہ کچھ یوں ہے۔

”آج کئی دنوں سے سپن ہرا بند کمرے میں تنہا دیمک زدہ آسمانی وفدوں کی کتاب کا وہ صفحہ کھولے پڑا ہے جس پر کئی خداؤں کی نیم برہنہ مخلوقات اپنے گناہوں کے دستاویز سروں پر سجائے بھیانک سزا کی چاہت میں کربلائی کوڑے ایک دوسرے کی پشتوں پر ثبت کرنے میں مصروف ہیں۔ انہیں مخلوقات میں شامل ہو کر سپن ہرا بھی اچانک اپنے وجود کی تصدیق و تائید خداؤں سے طلب کر رہا ہے ــــ (انگنت مہا پرشوں نے اپنی بھری عدالت میں خداؤں کے پاس جو کچھ تھا اسے چھین لیا ہے)۔ سپن ہرا کے اس غیر فطری رویئے سے اس کے عملوں کو سخت پریشانی ہے۔ وہ اسطرح کئی کئی دن کمرے میں محدود ہو جاتا ہے اگر وہ بند کمرے سے بھی ہدایت جاری کرتا ہے تو کوئی بات نہیں۔

اب نئی پریشانی یہ ہے کہ بند کمرے سے نکل کر بھی وہ زیادہ اوقات خاموشی کی تراشی دنیا میں گذارتا ہے۔ کبھی کبھی خاموشی کی دنیا آشاؤں کا امٹ بھید بھی کھولتی ہے۔ مگر سپن ہرا کی یہ دنیا گھٹا ٹوپ اندھیرے کے سوا کچھ بھی ثابت نہ ہوئی۔ پچھلے دنوں ایک عجیب واقعہ پیش آیا ہے۔ سپن ہرا اپنی چالیس سالہ بھید بھاؤ والی زندگی کو ایک چیلنج دیکر گاؤں سے شہر کی اور نکل گیا ہے۔ شہر سے اس کے متعلق چونکا دینے والی خبریں مل رہی ہیں۔ سب سے پہلی خبر یہ ہے کہ اب اس کی شناخت مشکل ہے۔ دوسری خبر یہ ہے کہ اس نے شہر کے بعض اخباروں میں اشتہار دیئے ہیں۔ اشتہار میں یہ باتیں درج ہیں ــــ ”سپن ہرا ــــ اس شخص کے گھر میں ایک کوٹھری ہے اس کوٹھری میں ایک لاش پڑی ہے۔ اسے ایک آدمی کی تلاش ہے جو اس لاش کو اٹھا کر بہت دور پھینک آئے۔ معاوضہ خاطر خواہ ــــ پتہ ــــ“ اس اشتہار کی اشاعت کے بعد ہی مقامی پولیس چوکی سے ایک داروغہ نے آکر اس کے مکان کی کوٹھری کا معائنہ کیا ہے۔ کوٹھری ادھر کھلی پائی گئی ہے۔ مگر لاش کہیں بھی موجود نہیں ــــ اس کے گھر کے لوگوں پر سکتہ طاری ہے۔ گھر کا کونہ کونہ جھاڑ کر دیکھ لیا گیا ہے

مگر لاش ندارد۔

تیسری خبر یہ ہے کہ وہ شہر کے کسی عظیم پیشوا کے گھر پر کئی روز سے مقیم تھا وہ سماجی پیشوا کے آنے کا انتظار کرتا رہا۔ پیشوا کئی روز سے دورے پر تھا۔ اسے یقین تھا کہ پیشوا ہی وہ شخص ہے جو اس کی کوٹھری سے لاش کو اٹھا کر دور پھینک آئے گا۔ پیشوا دورے سے واپس آیا اس سے قبل کہ وہ اپنا سوال دہرائے وہ پیشوا کی خبر تضحیک آمیز جملوں سے لیتا ہے۔ قریب تھا کہ وہ پیشوا کا گلا ہی گھونٹ دے لوگوں نے اسے پکڑ لیا۔ جب وہ پیشوا کے گھر سے نکل رہا تھا تو لوگوں نے دیکھا اس نے اپنی ناک پر موٹا سا کھدر کا رومال دبا رکھا ہے۔

چوتھی خبر یہ آئی ہے کہ وہ HOLY MOTHER کے اس کیمپ میں زبردستی گھس گیا ہے جہاں کوڑھ کے مریضوں کا مفت علاج ہوتا ہے۔ شاید اس نے مقدس ماں کی جھلک اس وقت دیکھی تھی جب وہ " UNICEF " کی جیپ میں بیٹھ کر (CAMP) کا معائنہ کر رہی تھی۔ مقدس ماں اسے گاؤں کے بوڑھے پیپل سے بھی کہیں زیادہ مقدس لگی تھی۔ بگلے کے پروں کی سی اجلی اجلی کالے کالے میتوں میں لپٹی فرشتہ صفت ــــ مقدس ماں ــــ یہی ماں اس لاش کا قصہ تمام کر سکتی ہے۔ وہ ہولی مادر کی غیر موجودگی میں وہاں کی نرسوں اور سسٹروں سے الجھتا رہا۔ نرسوں کی مسیحائی، اس کے سوال کی بے سر پائی پر خندہ زن تھی اور سسٹر فادر کی عمر والے سپن مہرا کے لیے تسبیح کے دانوں پر دعاؤں کو (COMPUTERISE) کر رہی تھی۔ پھر اچانک یہ ہوا کہ ہولی مادر معائنہ سے واپس آئیں "سپن مہرا" ہولی مادر کی آنکھوں سے بالکل قریب آ گیا اور پھر دیکھا گیا کہ وہ سرپٹ کیمپ سے باہر کی جانب بھاگ رہا تھا ــــ ناک پر کھدر کا وہی رومال دبا ہوا تھا۔ پھر یہ خبر ملی کہ شہر کی گلیوں میں بھیک کی طرح اس سوال کو دہرانے کا پیشہ اس نے اختیار کر لیا ہے۔ اس کے بعد بہت دنوں تک اکھل ادھیکاری کا کوئی خط موصول نہ ہوا ــــ

اچانک ایک دن یہ خبر ملی کہ وہ گاؤں واپس آ چکا ہے اور شمشان گھاٹ کے اس پاگل اگھوری سے ملنے کی کوشش کر رہا ہے جسے گاؤں کے لوگ ہر موسم میں پاگل تصور کرتے ہیں۔ اس کے بارے میں یہ مشہور تھا کہ رات کے اندھیرے میں اور دن کے اجالے میں وہ لاش کی بوٹیاں تراش کر کھا لیتا ہے اور اس فعل کے ارتکاب سے پہلے وہ اپنے آپ کو مادرزاد ننگا کر لیتا ہے۔ گاؤں کے چیل کوؤں کو بھی یاد نہیں کہ اس نے اگھوری کے منہ میں دانے کا ایک نوالہ بھی دیکھا ہو۔ سپن مہرا اس اگھوری سے ان لمحوں میں ملا جب وہ مادرزاد ننگا تھا اور گھناؤنے فعل کا ارتکاب کر رہا تھا۔ سپن مہرا نے اس پاگل سے بھی یہی سوال کیا۔ میرے گھر کی کوٹھری میں ایک لاش پڑی ہے کیا تم اسے اٹھا کر کہیں دور پھینک آ سکتے ہو؟ وہ پاگل

سوال سن کر کچھ پل خاموش رہا پھر آہستہ آہستہ سپن ہرا کے قریب گیا اور بولا تم خود ہی اس لاش کو اٹھا کر بہت دور کیوں نہیں پھینک آتے ۔ میں تو خود ہی ۔۔۔ تمہارے پاس کوئی رومال ہے۔ سپن ہرا نے جواباً جیب سے نکال کر کھدر کا دیسی رومال اسے پیش کیا اگھوری کی اندر کو دھنسی ہوئی پیلی سی آنکھیں جیسے بھبھک کر باہر نکل آئیں ۔ اس نے اپنی آنکھوں سے گھور کر سپن ہرا کو تاکا اور پیش کردہ رومال کو اپنی ناک پر کس کر دبایا بڑی سرعت سے بے پناہ مچھلیوں والے دریا میں کود گیا۔ اور سپن ہرا چند لاتعلق خلائی لمحوں کو جھیل کر بڑی آسانی سے ایک فیصلے پر پہنچ گیا۔ وہ جسم کو بے لباس کرنے میں مصروف ہو چکا ہے۔

......اس واقعہ کے بعد انچل ادھیکاری نے خطوط کا سلسلہ ختم کر دیا۔

سات گھڑے پانیوں والی عورت

سات گھڑے پانیوں والی ایک عورت
وہ اکثر کہا کرتی تھی۔

ہاں وہی امرود والی جو سڑک کے کنارے سنگ میل کے پہلو میں بیٹھا کرتی تھی۔ وہ کہا کرتی تھی تمہاری نظر کبھی کبھی بہت میٹھی معلوم پڑنے لگتی ہے۔ لیکن اس مٹھاس کی بو اس تک پہنچنے کے قبل ہی کہیں ادھر ادھر کی جھاڑیوں میں بس جاتی اور وہ بس اسی سنگ میل کی طرح امرود کے ڈنگے کے ساتھ گڑی رہتی۔

یہ آئینہ جسے آج میں دیکھ رہا ہوں اور جسے بیس سالوں سے دیکھتا رہا ہوں کبھی کچھ نہیں بتاتا

کبھی مجھے میری نظر تک نہیں پہنچاتا۔ پہنچنے پاتا تو شاید یہ معلوم ہوتا کہ نظروں کی سٹھاس کیا شئے ہوتی ہے۔ ایک دن میں اسے یہ آئینہ ہی دے آؤں گا کہ اس جھوٹے پر اپنا عکس مل دے ورنہ یہ مجھے زندگی بھر ستائیگا۔ آخر یہ کیا کرشمہ ہے کہ جھوٹا آئینہ نہ کبھی ٹوٹتا ہے اور نہ کبھی کسی کے ہتھے چڑھتا ہے۔ اور اگر کسی دن چڑھ گیا تو نہ جانے میری بیوی مجھ سے کیا سوال کر بیٹھے اور آئینہ کوئی بے تکا سا جواب دینے سے بھی قاصر ہو جائے۔

وہ امرود کے ڈونگے کو دن بھر اگورا کرتی بلکہ ڈونگے سے زیادہ سڑک ہی اگورتی آنے جانے والے اغل بغل سے خرید کر نکل جاتے۔ اور میں جب اپنے فائلوں سے پیچھا چھڑا کر اس سڑک سے گزرتا تو ڈونگے کا سارا امرود کچھ کچے اور کچھ پکے سب میرے حوالے کر دیتی اور میں چند سکے اس کے دست سوال پر رکھ دیتا۔ اپنی یہ عادت میری سمجھ سے باہر تھی۔ آخر میں ان کچے پکے امرود کو کیوں خریدتا ہوں شاید اس لئے کہ میرے سکے کسی کی زندگی کی ڈور کو ایک ذرا لمبی کر دیتے ہیں۔

آتے جاتے موسموں نے مجھ کئی بار سوچنے پر مجبور کر دیا۔ وہ دن بھر اپنے اندر بھرے پانیوں کو دھوپ میں کیوں سکھلاتی ہے۔ اگر اسے زندہ رہنے کا اتنا ہی شوق ہے تو اپنی بھوک امرود کھا کر کیوں نہیں بجھالیتی میں اپنا یہ سوال اسکے سامنے برابر دہراتا۔ وہ میرے سوالوں کو برابر ٹال جاتی اور میں بھی ہمیشہ اس کے بچے کھچے امرود حسب معمول خرید لیتا۔

وہ بہت اداس تھی ایک دن۔ سائیکل کا پنکچر ٹھیک کرنے کے لئے سائیکل کو ایک دوکان میں رکھکر وقت گذاری اور امرود خریدنے ان کے پاس جا نکلا۔ میں نے اس کے بچے کھچے امرود خریدے۔ اس نے مجھے بتایا کہ میرا ہی انتظار کر رہی تھی کیوں کہ آج امرود کا ایک دانہ بھی نہ بک سکا تھا۔ منہ میں کھانے کے نام پر ایک خیل بھی اڑ کر نہیں گئی۔ وہ اٹھنے لگی تو ڈگمگائی۔۔ ڈگمگا کر پھر بیٹھ گئی۔ میں نے اپنی بات ایک بار اور دہرائی کہ جس دن منع نہ کرے وہ سڑک پر نہ آئے گھر پہ ہی امرود........

اس نے فوراً ہی بات کاٹ دی۔ یہ سڑک ہی اس کی زندگی تھی۔۔۔ اس کا وجود لاوجود سب کچھ اسی سڑک پر منتشر اور یکجا ہوا ہے۔ خود کو سمیٹتی ہے تو اس سڑک پر ہوتی ہے خود کو بکھیرتی ہے تو بھی اسی سڑک پر ہوتی ہے سڑک اور سنگ میل سے الگ وہ خود کو ایک ہلکی سی ناپید ہوتی ہوئی تختے محسوس کرتی ہے۔ یہ سڑک اس کے پرکھوں نے بنوائی تھی۔ لیکن جو بنتا ہے وہ بھول جاتا ہے اور بنانے والا اسے بغیر یاد رکھے جی نہیں سکتا۔ اب یہ سڑک سیدھی گذر جاتی ہے۔ کبھی یہ اس کے دروازے سے ہو کر گذرتی تھی۔ مگر اب وہ سڑک گداوں کی بھینٹ چڑھ گئی ہے اور اب وہ خود دروازے سے چل کر اس جاتی ہوئی سڑک پر آتی ہے اور امرود کے ڈونگے سجا کر بیٹھ جاتی ہے۔

اور اسی کے ساتھ ہی شروع ہوا کرتا ہے دکھوں کا تہوار۔ اننت ۔ بالکل اننت ۔ سڑک کی میڈھ پہ چڑھتے ہی بچے اسے چڑھانے کی مشق کرتے ۔ لونڈے طعن کی کمان پر تیر چڑھائے اسے چھلنی کرنے کے وجوہات ڈھونڈنے لگتے ۔ کوئی کہتا " اس سڑک پر گھوڑے اور سانڈ دوڑتے ہیں ہاتھی تو اسے سونگھتا بھی نہیں " وہ بھی انہیں جواباً کہتی " یہ بھاگتے ہوئے ہاتھی، گھوڑے اور سانڈ اسے پسند نہیں ، بلکہ سخت ناپسند ہیں " اسے اس بات کا بھی احساس ہے کہ خود یہ سڑک بڑی نرم اور کٹھور ہے ۔ اس نے اپنی پیٹھ پر جیسے پھسلن کی لیپ چڑھا رکھی ہو ۔ اس پر چلنے کے لئے گول پہیے کی ضرورت ہے ، ٹانگوں کی نہیں ۔ اک ذرا کسی نے اس پر پاؤں دھرا کہ پھسلا ۔ پل بھر کے لیے بھی کوئی ٹک نہیں پاتا ۔ بریک اور لگام اگر آدمی نے نہ ایجاد کئے ہوتے تو شاید سارا اتہاس اس سڑک سے پھسل کر خندقوں میں گر جاتا ۔ (اور جب ہم سے ہمارا اتہاس ہی روٹھ جائے یا چھن جائے تو جینے یا مرنے کی تفصیل کی اہمیت ہی کہاں باقی رہ جاتی ہے ۔ پھر کوئی ضرورت باقی نہیں رہ جاتی کہ مرنے والا مرتے سمے چاک سے بلیک بورڈ پر اپنا نام لکھ کر مرے ۔)

اتہاس ہی کیوں وہ خود بھی سنگ میل بھی پھسل کر کسی ان سوجھی دشا میں ڈوب جائے پھر کچھ بھی کہنے کو کوئی نہ بچ پاتا ۔ ان کہی کہانی کی طرح یہ سڑک بھی ایک دن غائب ہو جاتی ۔ ہر چیز بالکل خالی خالی سی ہو کر رہ جاتی ۔ خالی پن کے سوا کیا بچ رہتا ۔ جب وہ زیادہ جھنجھلا اٹھتی تو لونڈے پھر پل پڑتے " بندھا ہوا ہاتھی ۔

کانیو اسانڈ دیکھنا چاہتی ہو تو چلی جاؤ ہری ہر ناتھ چھتر کے میلے میں وہاں زمین ہی زمین ہے میدان ہی میدان ہے ۔ وہاں کوئی سڑک نہیں ۔ کوئی پھسلن نہیں ۔ اس نے بہت ہی اداس لہجے میں یہ بھی بتایا کہ وہ امرود کھا کر جی نہیں سکتی ۔ جینے کے لئے اسے امرود کا بدل چاہیئے ۔ امرود بہت ہی سرد ہوتا ہے ۔ اس کے بیج میں سات گھڑے پانی کی تاثیر ہوتی ہے ۔ اگر کسی دن وہ امرود کھا گئی تو وہ اپنے ہی پانیوں میں غرق ہو جائیگی ۔ ڈوب جائے گی ۔ شاید اسی لیئے کوئی بھی نہیں آتا اس کے نزدیک ۔ سب کو یہ خدشہ ہے کہ یہ عورت ہی ہزار گیلن پانی اُگلنے والی ایک ٹنکی ہے ۔ اف اس کی یہ رلا دینے والی خواہش کہ کاش کوئی آکر اسے نچوڑ دیتا تکیے کے غلاف کی طرح اور ٹانگ دیتا اس الگنی پر جس پر وہ زندگی بھر خشک اور تر ہونے کا مزہ لیتی ۔ " خشک اور تر " کی وہ عجیب سی خواہش مگر وہ امرود اور امرود کا باغ ۔ امرود کا باغ تو اس کے اندر ہی اگتا رہتا ہے ۔ ہواؤں کے اتنے تیز جھکڑ چلتے ہیں کہ اندر ہی اندر اس کا سب کچھ ویران ہو جاتا ہے ۔ دیودت بھی اس کے اندر باغ کی طرح لگا تھا مگر

وہ بھی اس تیز جھکڑ کا شکار ہوا۔ دیودت جنگلی پھول کی طرح کہیں بھی اگ جاتا۔ چاہے زمین بوڑھی ہو۔ بنجر ہو۔ جوان ہو۔ اس کے علاوہ دیودت چور بھی تھا۔ امرود کی چوری اس کی دوسری بری لت تھی ــــ

اسے اس کی بری لت کی مقناطیسیت برابر گدگداتی۔ کاش کہ دیودت اس کے باغ کے امرود پر چھاپے مارتا ـــ آخر ایک رات جب امرود کے دانے رس بھر جانے سے شگاف آلود ہو رہے تھے۔ دیودت باغ میں گھس پڑا۔ امرود کے دانوں کی خوشبو۔ جسے وہ جھیل نہ سکا۔ دیودت چور اس رات "ہاں" اور "نہ" کے بیچ جو سیڑھی تھی اس سے اس طرح بے دھڑان کودا کہ اس کے پاؤں تلے کی زمین ہی غائب ہوگئی ـــ نہ جانے کون سی بے سمت سڑک اسے کہاں اٹھا کر لے گئی۔ حالانکہ اس نے اس سے دو ٹوک کہا تھا کہ یہ امرود.... یہ باغ اور .... اور سب کچھ دیودت ہی کا ہے۔ اتنا کہہ کر وہ بہت دیر تک خاموش رہی۔ مگر اس کی یہ لمبی خاموشی ذرا بھی نہیں کھلی۔ کبھی کبھی کوئی چیز اچھی نہیں لگتی۔ کبھی ایسا بھی ہوتا ہے کہ کوئی چیز اچھی ہے اور کچھ اچھا لگے۔ اس کے لئے ہم کیا نہیں کرتے۔ اس کی وہ لمبی خاموشی بھی شاید کبھی کبھی کچھ اچھا لگنے کی علامت سی ہو گئی تھی۔ جب کچھ اچھا لگنے کی علامت جب ہمیں جیتے جی موت کی طرف ڈھکیلنے لگتی ہے تو ہم ان علامتوں کے منکر ہو جاتے ہیں۔ اور پھر وہی انتظار زندگی کی صورت لئے ہمیں جینے کی دعوت دیتا ہے۔ اور حیرت انگیز بات یہ ہے کہ ہم جیتے ہیں اور مزے میں جیتے ہیں۔ میں نے نہ جانے کیوں اس کے خاموش ہونٹوں سے اپنی انگلی چھوا دی اور وہ برقی لہروں کی طرح جیسے اپنے اندر واپس آگئی ـــ کچھ دیر مجھے تکنے میں مصروف رہی پھر کچھ سوچ کر میرے دیئے ہوئے سکے کو گننے لگی۔ گننے کے بعد وہ مجھے اس طرح دیکھنے لگی جیسے وہ آدمی نہیں ڈوبتا ہوا جہاز تک رہی ہو۔ میں نے پوچھا "کیا کچھ کم ہیں" اس نے کہا نہیں۔ کم نہیں زیادہ ہیں۔ اس نے احتجاجی لب ولہجہ میں بات شروع کی کہ آخر میں اسے پیسے زیادہ کیوں دیتا ہوں۔ وہ اس بات پر بضد تھی کہ وہ زیادہ پیسوں کے لئے نہیں جیتی۔ بلکہ اس لئے جیتی ہے کہ کچھ ایسے رشتے ہوا کرتے ہیں جن کے انتظار میں کسی نہ کسی طور جینا ہی چاہیئے۔ دراصل جینا اور نہ جینا ان ہی رشتوں کے سلسلے ہیں۔ ان ہی رشتوں کی کڑیاں ہیں۔ ان میں سے کسی بھی ایک کڑی کی ناوقت کمی ہمارے درمیان قیامت برپا کر سکتی ہے اور ہم سب اس آخری دن کو کسی نہ کسی طرح آنے نہیں دینا چاہتے۔ کیا تم قیامت کو ٹالنا نہیں چاہتے ؟

اس کے اندر کا پانی پل پل اسے پینے کی کوشش کرتا ہے مگر وہ اسے اپنا لہو پلا پلا کر خوش کرتی ہے کہ زندگی کی توسیع ضروری ہے۔ وہ بیس برسوں تک اس سنگ میل سے لگ کر بیٹھتی رہی اور میں اپنے معمولات بلا کسی

ترمیم و اضافے کے دہراتا رہا۔ دفتر، گھر، سڑک، امرود اور وہ۔ جینے کی پانچ مستقل راہیں۔ زندگی پانچ انگلیاں۔ جیسے ان ہی انگنائیوں میں کھیل کود کر اپنے آپ کو SCENE سے ہٹا لینا تھا ہمیشہ ہمیشہ کے لئے۔

شائد زندگی کو کسی نہ کسی موڑ پر آ ہی جانا ٹھہرا تھا کہ ایک دن دفتر سے نکلا تو جیب خالی تھی۔ دفتر کے ساتھی سب ہی نکل چکے تھے۔ آفس سے نکل کر میں دیر تک شہر میں ادھر ادھر ٹہلتے کھاتا پھرا۔ اس امید میں کہ شائد وہ امرود والی میرا انتظار دیکھ کر سڑک چھوڑ دیگی اور اندھیرا بھی اچھا خاصا بڑھ جائیگا۔ ایسا ہی ہوا۔ جب اندھیرا کچھ گہرا ہوا تو میں نے سائیکل کی پیڈل دبائی اور بڑی تیزی سے گھر کے لئے روانہ ہوا۔ اندھیرے میں مجھے ایسا لگا کہ اس سنگ میل سے ایک سایہ اب بھی چپکا ہے۔ اور وہ سایہ یقیناً وہی ہے جو اپنے ڈھونگے میں ڈھیر ساری توقعات سجائے برائے فروخت لئے بیٹھی ہے۔ جب جیب خالی ہو تو اندھیرا اور بھی گہرا ہو جاتا ہے۔ اسی گہرے اندھیرے میں میں چپکے سے آگے نکل گیا۔ مگر گھر پہنچا تو اچانک یاد آیا کہ بیوی کو A.T.S. کی سوئی لگوانی ہے۔ ۲۴ گھنٹے کے اندر۔ ورنہ ٹیٹنس سے وہ اکڑ جائے گی۔ جلدی جلدی دوا کیلئے کچھ پیسے لئے اور الٹے پاؤں شہر کی طرف لوٹنے لگا۔ سنگ میل کے قریب پہونچا تو ٹریفک جام تھا۔ لوگوں کی بھیڑ اکٹھی تھی۔ اندھیرا کافی گہرا ہو چکا تھا۔ میں نے سائیکل سے اتر کر بھیڑ کی وجہ دریافت کی۔ جواب ملا "ارے پہلوان وہ اپنا امرود بس ایک ہی گاہک کے ہاتھ بیچا کرتی تھی۔ وہ سارا دن بلاک آفس والے بابو کا انتظار کرتی اور وہی آکر اس کے امرود خریدتا۔ آج وہ بوڑھا بابو نہ آیا اس ہتھنی کے امرود دیکھے" "تو پھر کیا ہوا"، ہمنا کیا تھا، "آج وہ خود ہی تمام امرود کھا گئی" میں نے اس سنگ میل کی طرف دیکھا۔ ایک سایہ اب بھی اس سے چپکا تھا مگر ساکت۔ سڑک بالکل جام ہو چکی تھی۔ ہاتھی، گھوڑے، ٹم ٹم، بگھی اور سوار سب کے سب کھڑے ساکت و خاموش۔ نہ جانے مجھے کیوں یہ سکوت، یہ ٹھہراؤ اچھا لگنے لگا۔

کیا زندگی میں کچھ اچھا لگنے کے لئے اتنی مدت، اتنی خاموشی، اتنے ٹھہراؤ کی ضرورت پڑتی ہے؟ اس سوال کے ساتھ ہی میں نے سائیکل کی پیڈل دبائی مگر سائیکل آگے نہ بڑھ سکی کیوں کہ سائیکل کا چین نہ جانے کب اتر چکا تھا۔

مجھے اس بات کی خوشی ہے کہ انیس رفیع کے چند افسانوں کو سننے اور پڑھنے کا موقع ملا۔ پچھلے چالیس برسوں میں بہت سی اردو کہانیاں پڑھ چکا ہوں۔ ادیبوں کے ایک گروہ نے مارکسزم سے ملتے جلتے اثرات کے تحت معاشی انسان پر حد سے زیادہ زور صرف کیا۔ دوسرے گروہ نے فرائڈ سے متاثر ہو کر شہوانی انسان پر ضرورت سے زیادہ توجہ دی۔ عامۃ الناس میں ایسے قاری جو فہم و ادراک کے مالک تھے کہانیوں میں تشدد اور جنسیات کے اکتا دینے والے فارمولے سے اوب گئے دراصل منٹو جیسے بہترین افسانہ نگاروں نے نئی سمت دریافت کرنے کی کوشش کی۔

جب نام نہاد رومانی انقلاب پسند حقیقت پسندی (فطرت پسندی) کے سائے میں پناہ ڈھونڈ رہے تھے تو عجیب بات ہے کہ اپنی تحریروں میں طبقاتی جدلیات پیش کرنے اور غربی سے متعلق تشویش ظاہر کرنے کے بجائے وہ طوائفوں سے متعلق فروعی تفصیلات میں الجھ گئے۔ مجھے خوشی ہے کہ کچھ نئے لکھنے والوں نے تیسرا راستہ تلاش کرنے کی ضرورت محسوس کی۔ ان کا طریقہ تحت الشعوری اور ان کا تیزابی تجربہ وجودی ہے۔

انیس رفیع کے یہاں اوریجنلٹی اور تازگی ہے۔ ہندو مسلم لاشعور سے وہ ایک اچھوتے انداز میں اساطیر کی نئی توضیحات پیش کرتے ہیں (وش پان کی کتھا، سبو تاژ، پیتامبر)۔ ان کے افسانوں میں خود فراموشی، اداسی اور شاعرانہ چاشنی ہے۔ وہ آفاقی انسان دوستی نظریے کے حامل ہیں اس لئے ان کو پڑھنا ایک نتیجہ خیز اور مفید تجربہ ثابت ہوتا ہے۔ کہیں آپ کو ایک بے لطف سچویشن نہیں ملے گا۔ انفرادی اور اجتماعی تناظر میں انسانی نفسیات پر ان کی گرفت گہری اور بنیادی ہے۔ اس لئے میں محسوس کرتا ہوں کہ ان کی کہانیوں کا اثر دیرپا ہوگا (پشت پر رکھا آئینہ، دو آنکھوں کا سفر) یہ کہانیاں اردو ہندی جیسی لسانی حدود یا جغرافیائی حد بندیوں سے ماورا ہیں۔

ڈاکٹر پربھاکر ماچوے
ڈائرکٹر: بھارتیہ بھاشا پریشد
سابق سکریٹری ساہتیہ اکیڈمی